2024년 10월 25일 2판 15쇄 **펴냄**
2011년 6월 10일 2판 1쇄 **펴냄**
2008년 3월 20일 1판 1쇄 **펴냄**

펴낸곳 (주)효리원
펴낸이 윤종근
글쓴이 정휘창 · **그린이** 박요한
등록 1990년 12월 20일 · **번호** 2-1108
우편 번호 03147
주소 서울시 종로구 삼일대로 457, 406호
전화 02)3675-5222 · **팩스** 02)765-5222

ⓒ 2008 · 2011, 정휘창 · 박요한

ISBN 978-89-281-0797-1 73810

이메일 hyoreewon@hyoreewon.com
홈페이지 www.hyoreewon.com

원숭이 꽃신

정휘창 글 / 박요한 그림

 효리원
hyoreewon.com

머리말

마음의 눈으로 글을 읽읍시다

글을 읽는 것은 마음의 영양소를 얻기 위함입니다. 글은 누군가 남이 지었지만, 그것을 맛있게 마시고 먹어 얼마든지 마음의 영양소를 얻을 수 있습니다.

몸의 영양은 지나치게 많아지면 둔해지고 힘이 줄지만, 마음의 영양은 많을수록 지혜의 힘이 날래고 굳세게 됩니다. 같은 논밭에 농사를 지어도 어떻게 가꾸느냐에 따라서 곡식을 많이 거두기도 하고 적게 얻기도 합니다. 같은 글이어도 읽는 사람에 따라 마음의 양식을 많이 얻기도 하고 적게 거두기도 합니다.

어떻게 하면 마음의 눈을 열고 글을 읽을 수 있을까요?

첫째로는, 마음속에 그림을 그려야 합니다. 글 속에 담겨 있는 사람이나 동물, 산과 들, 마을의 거리며 그 안에서 살고 있는 움직이는 모습들을 그려야 합니다.

「약과」라는 이야기에서, 쥐들이 약과를 얻기 위해 다락에서 회의를 하는 모습이며, 분이가 주인마님의 꾸지람을 듣고 있는 일이며, 성난 고양이가 쥐들을 무찌르는 모습을 선하게 떠올려야 합니다. 이 그림에 자기 나름대로 색깔을 칠하고, 자신이 아는 대로 만들면 글을 읽는 재미가 절로 솟아납니다.

둘째로, 글의 속뜻이 무엇인가를 캐야 합니다. 글의 속뜻이 바로 마음의 양식입니다. 지은이가 나타내고자 하는 가장 으뜸되는 뜻이 무엇인가를 생각합시다.

「원숭이 꽃신」에서, 원숭이가 오소리의 종 노릇을 할 수밖에 없게 된 까닭은 무엇입니까? 찬찬히 생각해야 합니다. 마음의 눈은 모두가 다르기 때문에 생각도 다를 수 있습니다. 남의 생각이 아니고 자신의 생각이어야 합니다.

마지막으로, 읽고 난 뒤에 자신이 알고, 깨닫고, 느낀 것들을 남들과 이야기하거나 글로 적는 버릇을 들여야 합니다. 이것을 독서 감상문이라 하는데, 글 짓는 힘이 길러지고 논설문을 짓고 쓰는 공부가 될 것입니다.

마음의 눈으로 글을 읽으면 정신의 힘이 더욱 자라서 보다 높고 깊어질 것입니다.

글쓴이 정휘창

차례

원숭이 꽃신

오소리에게 꽃신을 선물로 받은 원숭이!

폭신폭신하고 따뜻한 꽃신을 신고 신이 났답니다.

꽃신을 신은 원숭이는 과연 어떻게 될까요?

원숭이는 입을 벌리고 연달아 하품을 했습니다. 잣을 싫도록 까 먹고 배가 부른 것입니다. 눈시울이 무거워지고 이내 코를 골기 시작했습니다.

원숭잇골에는 먹을 것이 얼마든지 있습니다. 봄이면, 겨울 동안 결이 삭은 망개 열매가 있고, 조금 지나면 덩굴딸기가 익어 갑니다. 여름이 되면 머루, 다래에 으름도 있습니다.

가을이 들면서 잣이 영글면 원숭이의 먹이는 더욱 많아집니다. 원숭잇골에 먹을 것이 많다는 소문은 널리 짐승 세계에서는 모르는 이가 없습니다.

"음, 그렇게 해서 고 원숭이 놈의 먹이를 홀딱 뺏는단 말이다."

굴속의 오소리는 혼자 이렇게 중얼거리고 좋아서 꼬리를 한참 휘두르고서 침을 꼴딱 삼켰습니다.

얼마 후 원숭이는 자기를 부르는 소리에 잠이 깨었습니다.

"원숭이 나으리, 단잠을 깨워서 죄송합니다."

오소리는 점잖게 머리를 숙였습니다.

"오, 난 또 누구시라고, 오소리 영감이 아니오?"

원숭이는 겉으로는 반겼으나 속으로는 의심이 덜컥 났습니다.

'이놈이 아무래도 내 먹이를 뺏으려고 온 모양이다.'

원숭이는 정신을 바짝 차렸습니다.

"원숭이 나으리, 이거 마음에 드실는지 모르겠습니다. 선
물로 드립니다."

오소리는 보자기를 풀었습니다. 알록달록 오색 빛이 원숭
이의 눈을 놀라게 했습니다.

"이게 뭐지요?"

“아하, 이건 꽃신이라는 겁니다. 자, 발에다 끼워 보십시오. 발이 폭신할 겁니다.”

오소리는 꽃신을 원숭이 발에 끼웠습니다.

“……..”

원숭이는 어리둥절했습니다.

“야, 이러고 보니 정말 점잖게 보입니다. 자, 걸어 보십시오. 이것은 선물로 드리는 것이니 조금도 걱정하시지 말고 신으십시오.”

오소리의 칭찬과 아양에 원숭이
는 우쭐해졌습니다.

　　"오소리 영감이 신지 않
고 나를 주십니까?"

　　"아이구, 나는 발이 본
래 야만으로 생겨서 이렇게 좋은
것은 맞지 않습니다.

그리고 이건 우리 손으로 만드는 것이니 앞으로도 가져다 드리겠습니다."

"고맙기 한이 없습니다마는 무엇으로 갚아 드려야 될지?"

오소리는 속에서 타오르는 기쁨의 불길을 억지로 가누며,

"원, 천만에요! 우리가 바라는 것은 서로 사이좋게 지내는 것뿐입니다."

오소리는 연신 꼬리를 휘저으며 콧잔등 가득히 웃음을 피웠습니다.

원숭이는 오소리로부터 받은 꽃신을 신기 시작했습니다.

처음에는 발이 좀 찝찝하기도 하고, 나무에 오를 때는 오히려 둔하기도 했습니다. 그러나 서덜(돌밭)을 치달리거나 작은 개울을 건너뛸 때면 발바닥이 아프지 않고 편리했습니다.

가을이 다 가고 찬바람이 가랑잎을 굴릴 무렵에 오소리가 또 찾아왔습니다.

"원숭이 나으리, 그동안 안녕하셨어요?"

오소리는 언제나처럼 꼬리를 휘저으며 아양을 떨었습니다.

"아, 오소리 영감님. 참, 그 꽃신은 잘 신었소."

"아이구, 천만에! 사실은 가을도 가고 신도 다 떨어졌을

듯해서 다시 새 신을 가지고 왔습니다."

오소리는 또 하나의 신을 내놓았습니다.

"원숭이 나으리, 발을 한번 봅시다."

오소리는 헌 신을 벗기고 새 신을 신겼습니다. 겨울철에 신는 푹신한 꽃신을 신고 원숭이는 좋아서 어쩔 줄을 몰랐습니다.

"오소리 영감, 이건 변변하지 못하지만 내 성의니 받아 주시오."

원숭이는 잣 열 송이를 오소리에게 주었으나, 오소리는 굳이 받지 않았습니다.

원숭이는 새 꽃신을 신고 겨울을 지내니 여간 편리하지 않았습니다. 차디찬 눈 위를 걸어도 발이 시리지 않았습니다.

'나를 도와주는 고마운 오소리의 은혜를 무엇으로 갚을까?'

원숭이는 굴속에서 잣을 까먹으며 오소리를 생각했습니다.

봄이 돌아오자 두 번째 꽃신도 바닥 창이 다 떨어지게 되었습니다.

원숭이는 이제부터 옛날처럼 맨발로 다니
기로 했습니다. 떨어진 꽃신을 벗어 버리고
오랜만에 맨발이 되었습니다.
"아얏!"

원숭이는 개울을 건너뛰다가 하도 아파서 그 자리에 쓰러지고 말았습니다. 그 사이 꽃신을 신어서 발바닥의 굳은살이 다 없어졌기 때문입니다.

　　"아이구 아이구, 이거 큰일 났구나. 이젠 꽃신을 신지 않고는 걸을 수가 없구나."

　　원숭이가 아픈 발을 만지고 있는데, 언제 나타났는지 오소리가 와 있었습니다.

　　"원숭이 나으리, 왜 이러시오?"

　　"아이구, 오소리 영감, 마침 잘 오셨습니다. 내가 발이 아파서 못 견디겠으니 그 꽃신 한 켤레만 주시오."

　　원숭이가 애타는 얼굴로 바라보자, 오소리는 전에 없던 거만한 태도로 말했습니다.

　　"하, 그것 안됐구먼요. 도와드릴 수는 있지만, 언제까지나 공짜로 드릴 수는 없습니다."

　　"예, 알겠습니다. 저, 잣을 드리겠습니다. 얼마나 드릴까요?"

　　"하, 아주 헐합니다. 잣 다섯 송이만 주시오. 여기 꽃신을 가져왔습니다."

원숭이는 잣 다섯 송이를 주고 꽃신을 사 신었습니다.

봄이 가고 여름이 올 무렵, 원숭이의 꽃신은 다 낡았습니다.

이번에는 원숭이가 오소리를 찾았습니다.

"오소리 영감 계시오?"

"그 누구요? 지금은 낮잠 자는
시간이니 좀 기다려 주시오."

오소리는 원숭이를 밖에서 한
식경이나 기다리게 했습니다.

"원숭이 나으리, 어떻게 오
셨소?"

"저, 꽃신이 다 낡아서 새로 하나 구하러 왔습니다."

"예, 도와 드리지요. 그런데 요새 값이 올랐습니다. 잣을 열 송이만 주시오."

'열 송이라…….'

원숭이는 아직도 꽃신 값이 헐하다고 생각했습니다.

세월이 또 흘러갔습니다.

원숭이의 발바닥도 더욱 보드랍고
약해졌습니다. 이제는 잠시도 신을 벗
을 수가 없게 되었습니다.

가을 바람이 불기 시작할 무렵, 또 신이 다 닳았습니다.

"이제부터 내가 신을 만들어 보자."

원숭이는 칡덩굴 껍질이며 억새풀 마른 것 따위를 가지고 신을 삼아 보려고 했습니다. 그러나 아무리 재주 있는 원숭이라도 잘되지 않았습니다.

원숭이는 오소리에게 배우러 갔습니다.

"오소리 영감, 신 삼는 법 좀 가르쳐 주시오."

원숭이가 몇 번이나 고개를 숙여 부탁해도
오소리는,

"바쁩니다."

할 뿐 가르쳐 주지 않았습니다.

"그럼 또 신을 한 켤레 주시오."

"잣 스무 송이를 내시오."

"오소리 영감, 어째 자꾸 비싸집니까?"

"허, 비싸면 맨발로 다니면 될 게 아니오."

오소리는 귀찮다는 듯 눈을 감고 낮잠을 청했습니다.

"할 수 없다. 이번만 사 신고 다음에는 내가 만들자."

원숭이는 잣 스무 송이를 주고 신을 샀습니다.

겨울이 닥칠 무렵, 또 신을 사야 했습니다.

"이건 겨울 신이니 더 비쌉니다. 잣 백 송이만 주시오."

"……."

원숭이는 말문이 막히고 분한 마음이 칵, 치밀었습니다.

"하아, 왜 말이 없소? 우리는 남이 싫어하는 짓은 하지 않소. 싫거든 맨발로 다니십시오."

원숭이는 아무 말도 못 하고 잣 백 송이를 오소리 앞에 가져다 바쳤습니다.

"이번 신은 더 좋은 것이오. 자, 여기 있소. 우리는 남을 돕기를 좋아하오."

오소리는 이렇게 말했습니다.

원숭이는 겨울 동안 어떻게 하든지 제 손으로 꽃신을 만들어 볼 생각을 했습니다.

매일 굴속에서 연구를 했습니다. 그러나 좀체 되지 않았습니다. 겨울이 다 가도록 만들지 못했습니다.

봄이 다시 돌아왔습니다. 또 오소리한테 가서 신을 사 와야 합니다. 그러나 이제 잣이 없습니다. 그래도 신은 있어야 합니다.

"무엇을 도와 드릴까요?"

오소리는 수염을 만지작거리며 말했습니다.

"신을 새로 사야겠는데 잣이 하나도 없습니다. 제발 좀 도와주십시오."

원숭이는 맥이 풀리고 침이 말랐습니다.

"하아, 도와 드리지요. 그럼 이렇게 합시다. 가을에 가서 잣을 받기로 하고, 일 년에 네 켤레를 드릴 테니 가을에 잣 오백 송이만 주시오."

"예?"

원숭이는 기가 막혔습니다.

"왜 대답이 없소?"

"잣을 다 거두어도 오백 송이가 안 됩니다."

"그러면 이렇게 합시다. 잣은 삼백 송이만 주시고, 그 대
신 원숭이 나으리께서 날마다 우리 집 청소를 하고, 내가 개

울을 건널 땐 업어 주셔야 합니다."

"내게 종이 되라는 말이군요?"

"천만에! 종이라는 말이 어디 있습니까? 우리는 남의
권리를 존중합니다. 서로 맡은 일을 다 하는 것이지요."

"······."

오늘도 원숭이는 오소리의 굴을 깨끗이 청소해 주었
습니다.

"청소가 잘됐소. 자, 그러면 나를 업고 개울을 건네 주
시오."

원숭이는 오소리를 업고 걸었습니다. 이마에서 땀이 솟고 숨결이 고달파졌습니다.

바삭바삭 바삭바삭…….

꽃신을 신은 원숭이의 두 발이 개울가 모래밭을 밟고 갑니다.

오소리는 하늘을 쳐다보며 소리 없이 웃었습니다.

원숭이는 개울물에 비친 제 꼴을 내려다보며 명치끝이 아리고 아픈 것을 느꼈습니다.

'내 손으로, 내 손으로…….'

원숭이는 꽃신이 디디는 발자국마다 다짐을 했습니다.

송기떡

1942년 일제 강점기, 우리말을 쓰지
못하던 슬픈 시대 때 어느 초등학교에서 있었던 일.
복순이는 그만 "송기떡을 먹었습니다."라고
우리말을 해서 곤혹을 치르게 되는데…….

서기 1942년.

나라도 없고, 우리말도 못 쓰던 슬픈 시대였습니다.

경상북도 문경의 산골, 어느 초등학교에서 있었던 이야
기입니다.

초여름의 긴 해도 저물어 교실 마룻바닥에 어둠이 서리기
시작했습니다.

모두들 돌아가고 없는 5학년 교실에서 복순이 혼자 마루
를 닦고 있습니다. 눈물이 똑똑, 마룻바닥에 떨어졌습니다.

복순이의 어깨에는 띠가 하나 걸려 있습니다. 어깨띠에는 일본말로 '국어만 쓰기(國語常用)'라고 적혀 있습니다. 복순이는 이 어깨띠 때문에 지금 벌 청소를 하고 있는 중입니다.

빨리 집에 가야 어머니 일손을 도와 드릴 텐데 걱정입니다. 아버지 생각도 났습니다. 아버지는 지난해 여름에 보국대로 잡혀가고 안 계십니다. 일본 어느 탄광에서 일을 하고 있다고, 지난가을에 편지가 한 번 왔을 뿐입니다.

복순이는 오쿠라 교장 선생님의 무서운 얼굴을 생각합니다. 오쿠라 교장은 일본 사람입니다. 도수 높은 안경을 끼고, 오른편 위쪽에 덧니가 하나 있고, 대머리가 벗겨진 모습이 보기 흉합니다. 그 때문에 아이들이 '덧니'라는 별명을 붙였습니다.

기무라 선생님의 얼굴도 떠올랐습니다. 4년 전에 사범학교를 졸업하고 처음 부임해 올 때는 '박 선생님'이었는데, 이제 '기무라 선생님'으로 성이 바뀌었습니다.

'복순'이 역시 '가네우미'라는 일본말로 불립니다. '강복순'이 '가네우미 보쿠준'으로 바뀐 것은 복순이가 2학년 때입니다.

복순이는 배가 고팠습니다. 아침에 쑥밥을 먹었고, 점심은 송기떡을 먹었습니다.

복순이가 어깨띠를 걸치게 되고, 벌 청소를 하는 것은 송기떡이 빌미가 되었습니다. 송기떡이란 '조센고'를 썼기 때문입니다. 조센고는 한국말이란 뜻입니다. 그때는 일본말을 '국어'라 했고, 국어인 일본말만 써야 했습니다. 그리고 한국말을 한 마디라도 쓰면 벌을 받게 되어 있었습니다.

일본말로 '국어사랑' 또는 '국어만 쓰기'라고 적힌 어깨띠를 만들어 놓고, 누구든지 한국말을 쓰면 그 어깨띠를 걸어 주었습니다. 처음에 걸어 주는 것은 선생님이나 주번이지만, 한번 어깨띠를 걸게 되면, 한국말을 쓰는 다른 아이를 찾아 그 어깨띠를 벗어 걸어 주어야 합니다. 만일 집에 돌아갈 때까지 어깨띠를 못 벗으면 벌 청소를 해야 합니다.

어깨띠를 걸고 있는 아이가 가까이 오면 모두가 조심을 하기 때문에, 어깨띠를 주머니 속에 감추고 아이들 사이에 섞여 놀다가, 무심코 한 마디 한국말이 나오면 그것을 걸어 주기도 했습니다.

복순이는 공부를 잘했고 성질도 차분했기 때문에 학교에

서 한국말을 쓰는 실수는 하지 않았습니다. 그런데 오늘은 송기떡이란 말 때문에 어쩔 수가 없었습니다.

그때는 먹을 것이 모자라서 사람들은 늘 배가 고팠습니다. 농사를 지어 놓으면, 공출이라는 이름으로 일본 정부에서 거의 다 가져가 버렸습니다.

늦은 봄이 되면 대부분의 집에서는 양식이 떨어집니다. 이 무렵을 '보릿고개'라고 합니다. 보리가 나올 때까지 넘겨야 할 힘겨운 고개라는 말입니다. 사람들은 쑥이나 송기를 먹으며 보리쌀이 나오기를 기다렸습니다.

송기는 소나무의 껍질입니다. 소나무의 겉껍질을 벗기면 속껍질이 있습니다. 이것을 벗겨 와서 삶은 다음, 방망이나 절구로 찧어 이겨 콩가루를 묻히면 송기떡이 됩니다. 아이들은 점심 도시락으로 흔히들 송기떡을 싸 왔습니다.

복순이는 오늘도 점심 도시락으로 송기떡을 가지고 왔습니다. 송기떡 몇 개를 먹고 찬물을 실컷 마셨습니다. 그러고는 운동장 버드나무 그늘에서 공기놀이를 하고 있었습니다.

그때 학교를 돌고 있던 오쿠라 교장 선생님이 다가왔습니다. 교장 선생님 뒤에 기무라 선생님이 따라왔습니다. 복순이 반 담임인 기무라 선생님이 주감이었습니다.

"곤니치와(안녕하십니까)."

아이들이 인사를 했습니다.

"응, 점심은 먹었느냐?"

"하이(예)."

"무엇을 먹었지?"

하고, 하필이면 복순이에게 물었습니다.

"……."

복순이의 여윈 볼이 발갛게 달아올랐습니다.

"아노(저어), 아노……."

송기떡이란 뜻의 일본말을 알 수가 없습니다.

"아노, 송기떡 먹었습니다."

이렇게 대답하자, 곁에 있던 아이들이 까르르 웃었습니다. 오쿠라 교장 선생님의 얼굴빛이 언짢아졌습니다.

"조센고 쓰카우나(한국말 쓰지 마라)."

하고 기무라 선생님을 바라보았습니다. 기무라 선생님의 얼굴도 벌겋게 되었습니다.

"가네우미 보쿠준, 조센고 쓰카우낫!"

기무라 선생님의 목소리는 더욱 화가 나 있었습니다. '가네우미 보쿠준', 복순이는 몸이 바르르 떨리고 눈물이 핑 돌았습니다.

'송기떡'만 한국말로 썼더라면 용서받을 수도 있었는데, '먹었습니다.'라는 말을 썼기 때문에 어쩔 수 없이 벌을 받아야 합니다.

얼마 후, 복순이는 교무실로 불려 갔습니다. 담임 기무라 선생님은 아무 말도 없이 어깨띠를 걸어 주었지만, 매우 성이 난 얼굴이었습니다.

복순이는 이것을 다시, 한국말을 쓰는 아이를 찾아 걸어 주어야 벌 청소를 안 하게 됩니다.

하지만 복순이는 그냥 벌 청소를 맡기로 했습니다. 남이 실수하는 것을 억지로 찾아 내기 싫었기 때문입니다.

복순이가 마룻바닥을 다 닦고 책걸상을 제자리로 옮기고 있을 때, 기무라 선생님이 오셨습니다. 아직 성이 안 풀렸는지, 아무 말도 안 하고 복순이 어깨에 걸려 있는 어깨띠를 벗겨 교탁 위에 던져 버렸습니다.

"청소는 그만두고 어서 집으로 돌아가거라."

복순이가 교문 밖으로 나서려는데, 뒤에서 기무라 선생님이 뛰어왔습니다.

"나도 너희 마을에 볼일이 있단다. 함께 가자."

복순이는 아무 대답도 못 하고 고개를 떨군 채 걸었습니다. 기무라 선생님도 말없이 걸었습니다.

기무라 선생님은 가끔 달을 쳐다보고 한숨을 내쉬었지만, 복순이는 그 까닭을 알지 못했습니다.

복순이가 아무 말도 없는 것은 걱정과 부끄러움 때문입니다. 한국말을 한 번 썼기 때문에 국어(일본어)와 수신(도덕) 점수가 깎일까 걱정이고, 어깨띠를 걸고 벌 청소 한 것을 온 학교 아이들이 다 아는데 부끄러워 어쩌면 좋을지 모릅니다.

송기떡을 일본말로 뭐라고 하는지 물어보고 싶었지만, 입이 떨어지지 않았습니다.

한참 걸었습니다. 학교에서 복순이네 마을까지는 십 리 길입니다. 그 사이 황티라는 고개가 있습니다. 옛날에는 호랑이가 나타났다는 곳입니다.

황티재를 반쯤 넘어갔을 때였습니다.

"복순아."

하는 기무라 선생님의 목소리에 복
순이는 가슴이 덜컹, 할 만큼 놀랐습
니다. 기무라 선생님의 입에서 나온
것은 일본말이 아닌 한국말이었기 때
문입니다.

"복순아, 아버지한테서 편지 자주
오느냐?"

부드러운 목소리는 역시 한국말이
었습니다.

복순이의 눈에 눈물이 솟았습니
다. 마룻바닥을 닦을 때의 눈물과는
다른 눈물이었습니다.

"아, 아니요."

하는 한국말이 겨우 복순이의 입술
을 빠져나왔습니다.

"참고 견디어야 한다. 머지않아 아
버지가 돌아오시게 될 것이다."

"예."

복순이의 목소리가 조금 커졌습니다.

"복순아, 개구리는 어떤 소리로 울지?"

"……."

"복순아, 힘을 내야지. 자, 큰 소리로 대답해 봐. 개구리는 어떻게 울지?"

"개굴개굴."

"그렇지. 부엉새는 어떻게 울지?"

"부엉부엉."

"그렇다. 개구리가 부엉부엉 울어서야 되겠느냐."

그 말이 무슨 뜻인지는 모르나, 복순이의 가슴이 후련해지는 듯했습니다.

어느덧 복순이의 마을 들머리 성황당 앞까지 왔습니다.

"복순아, 잘 자고 내일 또 학교에서 만나자. 내 볼일은 너를 여기까지 데려다주는 일이었단다."

"엣?"

"하하하, 속아서 원통하냐?"

"아, 아, 아니요. 그게 아니고……."

"강복순이, 너도 내 이름을 한번 불러 주겠니?"

“박, 박⋯⋯.”

“박태원, 내 이름은 박태원이다.”

“박태원 선생님!”

“오, 그래. 하하하.”

박태원 선생님은 웃음소리를 남기고 돌아갔습니다.

“박 선생님, 박태원 선생님!”

복순이는 박 선생님이 사라져 간 어둠을 바라보며, 부르고
또 불렀습니다.

눈물이 볼을 타고 흘러내렸습니다.

카나리아의
막내둥이

자유가 없는 새장에 갇혀 지내기보다는

새장 밖으로 나가 푸른 하늘을 맘껏 날 거야!

막내 카나리아의 목숨을 건 탈출…….

철이네 집 추녀에는 철사로 만들어진 예쁜 새장 하나가 달려 있습니다.

새장 안에는 아빠 카나리아와 엄마 카나리아에 아기 카나리아가 셋, 모두 다섯 식구가 살고 있습니다.

포르르 포르르.

아기 카나리아들은 지금 막 날기 연습을 하고 있습니다. 처음에 방에서 밖을 내다보고 겁을 먹던 것은 옛적 일이고, 이제는 방에서 회나무로 건너뛰는 것은 문제도 아니며, 회나무에서 바닥으로 내려 뛰고, 거기서 다시 포르르 날아 회나무에 올라앉을 수도 있습니다.

"우리 애기 참 잘하지."

엄마 카나리아는 칭찬이 대단하고, 아빠 카나리아는 눈을 가늘게 떠 그들을 바라보며 기뻐했습니다.

카나리아 삼 남매는 의좋게 자랐습니다. 날갯죽지가 아빠 엄마 못지않게 튼튼해지고, 노래도 무척 잘 부르게 되었습니다.

오월의 햇살이 담뿍 쬐어 드는 새장— 카나리아 집안은 구석구석 행복이 가득 찼습니다.

그러던 어느 날, 이 카나리아 집안에 작은 사건이 하나 일어났습니다. 삼 남매 카나리아 중에서 제일 끝인 사내 동생이 아빠로부터 꾸지람을 들은 것입니다.

누이 둘은 아주 얌전한데 막냇동생만은 성질이 고분고분하지 못했습니다.

그날도 노래 공부를 하던 중이었습니다. 온 식구가 한창 노래를 부르다가,

"아버지, 우린 왜 이렇게 좁은 곳에 갇혀서 살아야 합니까?"

하고 소리를 쳤습니다. 막내둥이의 소리가 어찌나 야무졌

던지, 옆에 있던 누이들이 펄쩍 뛰며 놀랄 정도였습니다.

아빠의 눈에 가벼운 노여움과 함께 놀라움이 감돌았습니다. 엄마도 눈이 동그래졌습니다.

"얘야, 너 그게 무슨 소리냐?"

엄마가 먼저 나무라는 듯 물었습니다.

"어머니, 제 말이 잘못입니까? 우리는 넓은 세상에서 우리의 힘으로 음식을 찾아 먹고, 우리 마음대로 우리의 노래만 부르고 살 수는 없습니까?"

막냇동생은 한 걸음 한 걸음 엄마 앞으로 다가앉으며 물었습니다. 그의 말에는 한 마디 한 마디 힘이 풍기고 눈은 유달리 빛났습니다.

"닥치지 못할까?"

아빠는 드디어 화를 터뜨렸습니다. 머리털이 꼿꼿하게 곤두서고, 온몸이 부르르 떨렸습니다. 이렇게 무서운 모습을 하는 것을 아기 카나리아들은 여태 본 적이 없었습니다.

누나 카나리아들은 겁을 먹고 방 안으로 들어가 버리고, 엄마 카나리아도 아무 말 없이 아빠와 막내둥이를 번갈아 봤습니다.

"네 이놈! 그따위 버릇없는 소리를 하려거
든 좁쌀도 먹지 말고, 물도 마시지 마라!"

아빠의 호령에 막내둥이도 대꾸를 못 했
습니다.

새장 안에는 노래도 이야기도 없어졌습니다.

밤이 깊었습니다. 포근한 오월의 밤입니
다. 초이레 달이 서쪽 하늘에 기울어질 무렵
에는, 그렇게 시끄럽던 세상도 잠잠해졌습
니다. 꽃밭에서 자라나던 아네모네 새싹에
촉촉이 이슬이 내리고, 산새도 들새도 잠이
들었습니다.

그런데 막내둥이는 잠을 이루지 못했습니
다. 낮에 있었던 일을 두고두고 되씹어 보았
습니다. 아빠의 꾸중이 설운 것보다 어째서
자기의 질문이 나쁜가를 도저히 알 길이 없
었습니다.

'우리는 왜 이렇게 남의 신세만 지고 갇혀
서 살아야 하나?'

다시 입속에서 외쳐 봤습니다.

'그것이 왜 버릇이 없고 나쁜 것일까? 작은누나며 큰누나는 어째서 그런 것을 생각해 보지도 않을까? 아니, 생각했지만 아빠의 꾸지람이 두려워서 묻지 않는 것일까?'

막내둥이는 총총 빛나는 밤하늘의 별들을 바라보며 한숨만 쉬었습니다.

"얘, 아직 잠이 안 들었니?"

엄마 카나리아의 다정스러운 목소리였습니다.

"엄마!"

막내둥이는 엄마 곁으로 바싹 다가들었습니다. 엄마의 숨결은 오늘따라 한결 따스했습니다.

"아가, 내 이야기 해 줄까?"

"응, 오늘 낮에 아빠가 왜 성을 내셨는지 엄마는 알지?"

"그래그래, 지금부터 내 이야기를 들어 보렴."

엄마는 조용조용 이야기를 시작했습니다.

"아주 옛날, 그리고 아득히 먼 고장에 우리 카나리아의 조상들이 살고 있었단다. 그 조상들로부터 몇천 번, 대를 바꾸어 수만 리의 여행을 해서 지금 여기까지 왔단다."

엄마 카나리아의 이야기는 잔잔히 막내둥이의 가슴에 젖어 들어 갔습니다.

"우리 조상들이 살던 고장은 바다 가운데 있는 아름다운 섬나라, 푸른 언덕엔 철 따라 꽃이 피고 지고, 맑은 물이 담긴 늪에는 고기들이 놀았단다. 우거진 숲 속에는 온갖 짐승들과 새들이 살고 있었는데, 우리의 조상들도 그 서리(무엇이 많이 모여 있는 무더기의 가운데)에 살고 있었단다."

엄마 카나리아는 몸소 겪어 본 일같이 이야기를 했습니다.

"그땐 좁쌀이나 채소며 물은 누가 갖다 주었어, 응?"

막내둥이는 궁금했습니다.

"글쎄, 그것이 내가 말하려는 중요한 이야기다. 그때는 제가 제 힘으로 먹을 것을 구해야 했단다. 못 구할 때는 굶기도 하고, 무서운 소낙비(소나기)에 떨기도 했고, 추위가 닥치면 얼어서 죽는 일도 있었단다. 그것뿐이 아니라 목숨을 노리는 매니, 구렁이니 하는 원수들이 어찌 많은지, 마음 놓고 살 수가 없었단다."

"엄마, 매랑 구렁이란 것이 뭐야?"

막내둥이는 눈이 동그래졌습니다.

"매란 무서운 발톱에 날카로운 부리를 가진 사나운 새란
다. 우리 같은 작은 새는 물론, 닭이나 토끼도 발톱으로 찢고
날개로 때려 쳐서는 잡아먹는단다. 구렁이는 우리들의 아기
나 알을 보면 한입에 꿀꺽 삼키는 징그러운 놈이다."

"아이, 무서워."

막내둥이가 엄마의 품에 파고들었습니다.

"그런데 엄마, 그 무서운 매나 구렁이는 우리 조상들을 다
잡아먹었나?"

"다 잡아먹을 수야 있니? 잠시도 행복한 때가 없이 늘 쫓
기고 떨면서 살았다는 거지."

"엄마, 지금 이렇게 좁은 세상에 사는 건 행복한 생활인
가?"

엄마 카나리아는 잠시 대답을 하지 않고, 하늘의 별만 쳐
다보았습니다.

"글쎄. 생각하기에 따라서 좁기도 하고, 너르기도 한 거란
다."

엄마 카나리아는 알 수 없는 대답을 하고, 곧 다른 이야기
를 시작했습니다.

"옛날, 아주 그 옛날에 바다를 휩쓸고 다니던 사나운 도적 떼가 있었지. 해적이라고 해서 여기저기 포구나 바닷가의 마을로 쳐 올라가서는 사람을 죽이고 재물을 빼앗곤 했단다. 그 해적 떼들이 우리 조상들이 살고 있는 섬에 나타났단다. 그들은 여태 보지 못하던 아름다운 새를 잡아서 새장에 넣어 먼 나라의 낯선 사람에게 팔아 버렸거든. 그때부터 우리는 새장 속에서 나서 죽고 사람들이 가져다주는 좁쌀이며 채소를 먹고 살게 되었단다."

"그런데 우리를 왜 카나리아라고 부르지?"

"응, 그게 이렇게 된 거란다. 우리 조상들이 살던 섬을 사람들이 카나리아 섬이라고 했거든. 그래서……."

엄마 카나리아는 여기까지 이야기하고, 또 별들을 쳐다보았습니다.

"우리가 노래를 부르는 것은 잘살기 위해서란다. 사람들은 우리의 노래를 좋아하기 때문에 우리에게 맛좋은 먹이를 주는 거야. 그래서 우리는 더욱 좋은 노래를 불러서 사람들을 즐겁게 해 주는 거란다. 이제 알겠니?"

"우리의 조상들처럼 제 힘으로 먹이를 구해 먹고, 저 푸른 하늘을 마음껏 날고, 우리가 부르고 싶은 우리의 노래만 부르고 살면 되지 않아?"

막내둥이의 말에 엄마 카나리아는 대답을 하지 않았습니다. 밤이 깊어 갑니다.

아침이 되었습니다. 아빠는 아주 상쾌한 마음으로, 어제의 꾸지람은 잊은 듯했습니다. 엄마도 누나들도 모두 명랑한 얼굴로 노래를 불렀습니다.

그러나 어찌 된 일인지 막내둥이만은 노래를 부르지 않았습니다. 말없이 창살 밖으로 아침 하늘을 쳐다볼 뿐입니다.

철이 도련님이 새장 문을 열어 좁쌀을 새로 담고 깨끗한 물을 넣어 줄 때 막내둥이는 유난히 빛나는 눈으로 지켜보았습니다.

"아아, 하…….."

막내둥이는 길게 하품을 했습니다.

"막내둥이도 이제 퍽 얌전해졌구나. 어제 저녁의 엄마 얘기는 재미있었니?"

아빠 카나리아가 물었습니다. 그러나 막내둥이는,

"예."

하고 무뚝뚝한 대답을 했습니다.

"엄마 이야기를 듣더니 퍽 얌전해졌구나."

엄마 카나리아의 칭찬에도 다만 씩 웃을 뿐이었습니다.

아침 식사가 끝나고 온 식구들이 창살 사이로 쬐어 드는 햇볕을 즐기고 있을 때, 막내둥이는 누나들 곁으로 다가갔습니다.

"누나, 난 결심했어. 이 좁은 새장을 빠져나가기로 했어. 누나들도 같이 가, 응?"

누나들은 너무 놀라서 말이 없었습니다.

"나는 이제 더 이상 창살 속에서 견딜 수가 없어. 저 푸른 하늘을 마음껏 날아 보고 싶어. 그리고 내가 부르고 싶은 내 노래만 부르고 싶어. 우리들 옛 조상들이 살던 아름다운 섬 나라로 가고 싶어. 난 이제 이 행복이 몸서리가 나."

막내둥이의 소리는 나직하나 힘이 있었습니다.

"푸른 하늘을 마음껏 날아 보면 얼마나 좋겠니? 그러나 곧 배가 고파질 것이다. 바람이 불고 소낙비가 내리면 너는 어떻게 할 테냐?"

큰누나는 슬픈 얼굴로 말했습니다.

"용기가 없어서 그래. 누나, 용기를 내야 해."

막내둥이는 부리로 콕콕 쇠그물을 쪼았습니다.

"작은누나, 나하고 함께 저 바깥세상으로 달아나지 않겠
어?"

이번엔 작은누나에게 다가갔습니다.

"……."

작은누나는 고개를 숙이고 대답하지 않았습니다.

"음……."

듣고 있던 아빠 카나리아는 무거운 한숨을 토하고 눈을 감
았습니다.

"어쩌면 좋아……."

엄마 카나리아는 눈물 머금은 시선으로 아들 카나리아를
바라보았습니다.

새장에서는 노래가 들려오지 않았습니다.

"마지막으로 한 마디만 말해 둔다. 그 미친 생각을 버리지
못하겠다면 네 날갯죽지를 쪼아서 아주 병신을 만들어 놓겠
다. 밤사이 잘 생각해서 마음을 돌려 봐라."

해질 무렵, 아빠 카나리아의 말이었습니다. 아무도 말을

하지 않았습니다.

이튿날 아침, 오월의 햇살은 한결 싱그럽고 바람은 더욱 훈훈했습니다.

오늘 아침에도 철이 도련님이 좁쌀과 채소를 들고 새장 문을 열었습니다.

"앗!"

철이가 소리칠 때는 벌써 카나리아 두 마리가 마당의 꽃밭으로 날아 나왔습니다. 큰누나와 막내둥이였습니다.

포르르 포르르, 두 마리는 어느새 장독 위로 날아 올랐습니다.

철이네 식구들이 나와서 법석을 떨어 댑니다.

"누나, 용기를 내! 용기를!"

막내둥이는 외치며 다음에 뛰어오를 담장을 보고 날개에 힘을 주었습니다.

포르르, 두 마리의 어린 새는 장독에서 담장 위를 향해 날아 올랐습니다.

그런데 그만 큰누나가 담장 위까지 못 오르고 다시 꽃밭에 떨어졌습니다. 꽃밭에서 파드득 날개를 치는데 철이의 손이

덥석 덮쳤습니다.

"칫, 날개에 힘도 없는 것이……."

철이는 큰누나를 손에 넣고 기뻐하고 있습니다.

'역시 안 되겠구나, 새장 속으로 다시 돌아가자.'

막내둥이가 이런 생각을 할 때였습니다.

"후퇴하면 안 된다. 날아라, 날아라! 더 높이 날아라!"

외치는 소리가 쩽, 귀를 울렸습니다. 아빠 카나리아의 목소리였습니다.

막내둥이의 온몸에는 용기가 샘솟았습니다.

포르르 포르르, 막내둥
이는 다시 날았습니다.

"날아라! 날아라."

이번에는 엄마 카나리아의 날
카로운 외침이 들려왔습니다.

포르르 포르르, 막내둥이는
하늘을 헤치고 날았습니다.

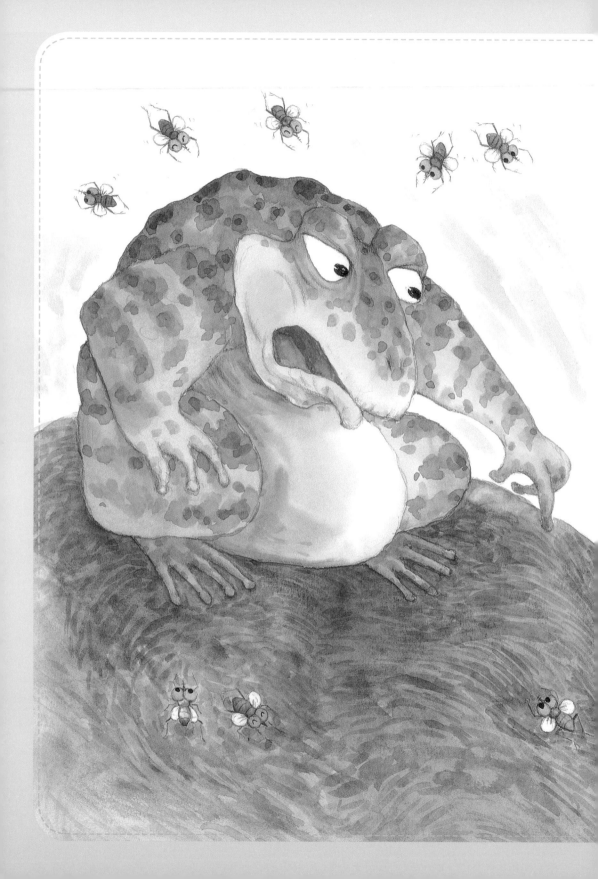

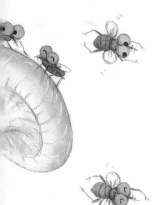

두꺼비 황제

서로 미워하고, 헐뜯고, 패싸움을 벌이는

파리 나라에 두꺼비가 나타나 스스로 황제라

칭하며 충성을 강요하는데…….

과연 두꺼비의 속셈은 무엇일까요?

어둠살과 함께 눈이 쌓입니다. 초가집 창마다 불빛이 은은하고, 마을 윗담 쪽에서 들려오는 다듬이 소리는 한결 흥겹게 가락집니다.

철수네 사랑방에서는 할아버지의 옛이야기 한 자루가 막 끝났습니다.

"흠."

철수 할아버지는 눈을 지그시 감고 천천히 담배 연기를 내뿜었습니다. 긴 오죽대에 달린 백통 물부리가 호롱불에 반질거리고, 매포한 풍년초 담배 연기가 방 안을 헤엄칠 때, 철

수도 순이도 할아버지의 입만 바라보고 있습니다.

"할아버지, 또 한 자루 해 주셔요."

하고 재촉을 했습니다.

"인제 이야기도 씨가 말랐는걸……."

할아버지는 늘 이렇게 말씀하시면서도 이야기 주머니는
마르지 않는 모양입니다.

"흠, 옛날에 아주 옛날에 호랑이가 담배를 피울 때……."

할아버지는 담뱃재를 떨고 천천히 이야기를 시작했습니다.

여름철이 되어 파리들이 한세상을 만났습니다. 외양간 뒤
에 있는 거름 더미에서는 마구간 거름이며 새(띠, 억새 따위의
볏과 식물을 통틀어 이르는 말) 썩는 냄새가 물씬물씬 피어나고
있습니다. 쇠파리, 금파리, 날파리 등 온갖 파리들이 모여들
어 여기가 바로 파리의 나라가 되었습니다.

처음, 파리 나라에는 싸움이 없었습니다. 저마다 제가 먹
을 것을 찾아 배를 불리고, 알맞은 곳을 가려 알을 슬었습니다.

차차 자손들이 불어서 파리 나라는 더욱 복잡해졌습니다.
이 골짜기에도 우글우글, 저 동산에도 바글바글, 온통 파리

들뿐입니다.

"여보셔요. 여긴 오시면 안 됩니다. 여기는 내 땅입니다."

"여봐요, 남의 것에 왜 손을 대요?"

"아니? 남의 것을 훔치다니?"

"이새끼, 어디라고 함부로 들어오는 거야?"

세상은 점점 무섭고 살기가 어려워졌습니다. 여기서도 다툼이요, 저기서도 싸움질입니다. 약한 무리들은 힘센 자에게 붙어 굽신거리어 제 목숨을 유지하게 되었고, 힘센 놈은 제 졸개들을 만들어 세력을 펴게 되었습니다.

골짜기마다 작은 나라들이 숱하게 생겨났습니다. 싸움은 패싸움으로 변하여 더 심해졌습니다.

할퀴고 물어뜯고 죽이는 나날이 얼마 동안 흘렀습니다.

어느 날,

"여봐라, 너희 어린 백성들은 들어라."

하는 호령 소리가 파리 나라를 진동하였습니다. 파리들은, 그 소리가 하도 크고 무서운지라 어디서 나는 소리인지 눈을 두리번거렸습니다. 싸움은 뚝 그쳤고, 먹이를 빨고 있던 파리들도 더듬이를 움츠렸습니다.

"에헴, 짐은 두꺼비 황제라 하느니라."

소리의 주인공은 거름 더미 꼭대기에 계셨습니다. 온몸은 덕지덕지 곰보딱지같이 흉한데, 두 눈알이 툭 비어져 나와 부리부리 위엄을 내뿜고 있습니다.

"짐은 너희 백성 사랑하기를 아들딸과 다름없이 할지니, 너희들도 충성을 다할지니라. 에헴."

두꺼비 황제는 천천히 말하고 입을 다물었습니다. 그리고 침을 꿀꺽 삼켰지만, 파리들은 모두들 겁에 질려서 잘 쳐다볼 수가 없었습니다.

"헤헤헤, 폐하의 거룩한 뜻을 받들어 이 몸이 죽고 죽어 일백 번 죽어 가루가 될지라도 충성을 다하겠습니다."

약삭빠르고 요사스럽기로 소문난 금파리가 두꺼비 앞에 나아가 머리를 조아리고 아뢰었습니다.

"음, 갸륵한지고."

두꺼비는 입가에 웃음을 머금고 금파리를 바라보았습니다.

"황공하옵니다."

금파리는 앞발을 모아 살살 비비고 뒷날개를 발발거리며 아양을 다하였습니다.

"두꺼비 황제 만세!"

금파리가 선창을 하자, 온 나라의 파리들이 날개를 파드득거리며 앞발을 치들었습니다.

"이놈, 무엄한지고!"

백성들의 만세 소리가 미처 끝나기도 전에 황제의 첫 호령이 터졌습니다.

"네 이놈, 어찌하여 만세를 부르지 않느냐?"

두꺼비 황제 가까이에 있던 쇠파리가 온몸을 사시나무 떨듯 발발거리며 황제 앞에 끌려 나왔습니다.

"쇠, 쇠, 쇤네는 만세를 불렀습니다."

쇠파리는 앞발을 끝없이 비비며 빌었습니다.

"이놈, 거짓말을 하지 마라. 네 만세 부르는 것을 누가 봤단 말이냐?"

"예. 저, 저, 금파리도 보았습니다."

"음, 금파리가 보았다고? 어디 금파리에게 물어보자."

금파리가 황제 앞에 대령하였습니다.

"헤헤헤, 폐하, 지당한 줄 아뢰오."

금파리도 연신 앞발을 비비었습니다.

"뭐가 지당하단 말이냐? 그래, 저 쇠파리 놈이 만세를 불렀다니 정말이냐? 이놈, 만일에 거짓이 있다면 용서하지 않겠다."

두꺼비 황제의 기세는 대단합니다.

"헤헤헤, 저 쇠파리는 만세를 아니 불렀는 줄 아옵니다."

하였습니다. 황제는 침을 꿀꺽 삼키고는,

"이놈, 쇠파리, 황제를 모욕한 놈은 죽음을 받아야 한다."

하는 어명을 내렸습니다.

"폐하, 쇠, 쇠, 쇤네는 틀림없이 만세를 불렀사옵니다. 제발, 제발 살려 주십시오. 여기 있는 모든 파리들이 다 보았습니다. 제발……."

하고 비는데, 이게 웬일입니까. 쇠파리가 어디로 갔는지 없어졌습니다.

파리들은 더욱 겁에 질렸습니다.

"헤헤헤, 폐하, 폐하의 높은 은혜는 갚을 길이 없사옵니다. 암요."

금파리만은 그래도 살살거리기에 용기를 다했습니다.

파리들은 모두 앞발을 살살 비비며 충성을 나타내려고 애썼습니다.

파리 나라는 조용해졌습니다. 먹이를 서로 뺏기 위한 싸움은 자취를 감추었습니다. 파리들은 어디에 있으나 황제에 대한 충성을 나타내려고 앞발을 살살 비비게 되었습니다. 그것이 차차 심해져서 두꺼비 황제가 안 보이는 곳에서도 앞발을 비비었습니다.

온 나라에 무거운 두려움이 깔렸습니다. 더구나 무서운 것은, 파리가 누가 잡아가는 줄도 모르게 자꾸 없어지는 것이었습니다. 파리 백성들은 모두 입을 다물고 말을 하지 않았습니다.

말을 할 때에는, '거룩하신 우리 두꺼비 황제 만세'라는 말을 반드시 말 첫머리에 넣어야 합니다. 누가 그렇게 시킨 것은 아니지만 저마다 살기 위해서 하는 짓입니다.

그러는 사이에도 파리들은 자꾸 사라져 갔습니다. 그 파리가 왜? 어디로 가 버렸는지 아는 파리는 많지만 아무도 말을 하지 않았습니다. 다만 있는 힘을 다하여 충성을 보이고 아

양을 떨 뿐입니다.

　　거룩하신 황제님
　　은혜를 입어
　　자유롭고 평화로운
　　파리의 나라.
　　두꺼비 황제 만세
　　두꺼비 황제 만세.

파리들은 자고 나면 불러야 했습니다.

두꺼비 황제는 번질번질 살이 찌고 파리들은 두려움 속에서 세월을 보냈습니다. 두꺼비 황제는 거름 더미에다 굴을 파고 그 속에서 지내다가, 이따금 밖으로 나옵니다.

오늘도 백성들의 살림을 돌본답시고 황제가 나타났습니다. 파리들은 모두 고개를 숙이고 앞발을 더 열심히 비비며 외쳤습니다.

"황제 폐하 만세!"

"거룩하신 우리 두꺼비 황제 만세!"

파리 백성들의 소리는 오히려 처량했습니다. 모두들 고개를 들지 못한 채 만세만 불렀습니다.

"너희 어린 백성들은 듣거라."

두꺼비 황제는 거룩하신 입을 열었습니다. 파리 나라에서는 제일 높은 거름 더미 꼭대기에 앉아 백성들을 내려다보고 있습니다.

"요사이 백성들 중에는 짐을 헐뜯기 위해 짐이 백성들을 잡아먹는다는 소문을 퍼뜨리는 이가 있다 하니 괘씸한 일이로다. 짐이 백성 사랑하기를 아들딸과 같이 하는지라 어찌 그런 짓이 있겠는가? 그따위 거짓을 꾸며 백성들의 마음을 어지럽히는 자는 용서할 수 없다."

두꺼비 황제는 눈을 부리부리하고 입가에 거품을 내면서 노여움이 대단합니다. 파리들은 고개를 못 들고 떨기만 합니다.

그때였습니다. 하늘을 뒤흔드는 듯한 바람 소리가 났습니다. 어디서 날아왔는지 참새 몇 마리가 떨어지듯 내려앉자 머리를 거름 더미 속에 박고 숨어 버렸습니다. 그와 함께 두꺼비 황제도 야릇한 소리를 지르며 거름 더미 아래로 굴러 떨어졌습니다.

놀란 파리들이 고개를 돌려 바라볼 때, 거룩하신 황제께서는 머리가 더러운 물에 내려 박히면서 몸뚱이가 벌렁 뒤로 뒤집혔습니다. 네 다리가 허우적 허우적, 헛바람을 헤엄쳤고, 배는 불룩불룩, 눈은 껌벅껌벅, 입에서는 거품이 벌벌거립니다. 이윽고 꽥, 하고 비명을 지르며 몸을 바로 하려고 애쓰는데, 이게 웬일입니까? 두꺼비 입에서는 파리들의 시체가 나왔습니다. 꾸역꾸역 자꾸 나왔습니다.

"히히히."

파리 한 마리가 울음소리 같은 웃음을 터뜨리자 모든 파리들이 일제히 비슷한 소리를 내었습니다.

얼마 후에 거름 더미에 숨었던 참새들이 정신을 차리고 밖으로 나왔습니다.

"휴우, 이제 살았다."

"백송골이 이제 멀리 사라졌구나."

백송골이 멀리 사라졌다는 말에 두꺼비 황제께서도 몸을 바로잡고 입에 든 파리들을 다시 꾹 다물고 거름 더미 위로 뒤뚝뒤뚝 올라갔습니다.

"여봐라, 백성들아."

두꺼비 황제가 다시 위엄을 꾸몄지만 아무도 고개를 숙이는 자는 없었습니다.

"짐이 날래고 용감하기 때문에 너희들이 보다시피 짐의 몸에는 상처가 하나 없지 않느냐. 그리고 백송골도 짐의 용맹을 아는지라, 이 나라에는 나타나지 않고 달아난 것이다."

하고는 여러 번 헛기침을 뱉었습니다.

"하하하."

파리들은 만세를 부르지 않고 비웃음을 토했습니다.

"무엄하도다! 이놈들."

두꺼비는 눈을 부릅떴지만 파리들의 비웃음 소리는 더 높아졌습니다.

할아버지는 이야기를 마치고 다시 담배물부리를 물었습니다.

"할아버지, 백송골이 무엇입니까?"

철수가 물었습니다.

"음, 백송골이란 매의 한 종류로 새들뿐 아니라 토끼며 닭들도 잡아먹는 무서운 놈이란다."

할아버지가 말씀하셨습니다.

그리고 다음과 같은 옛 시조를 가르쳐 주셨습니다.

두꺼비 파리를 물고

두엄 위에 치달아 올라앉아

건넛산 바라보니 백송골이 떠 있거늘

가슴이 섬뜩하여 풀떡 뛰어 내닫다가

두엄 아래 자빠지고.

모처라 날랜 낼세망정

어혈질 뻔하괘라.

할아버지는 이 시조를 여러 번 읊었습니다.

"쉿!"

골목에서 무슨 소리가 나는 듯했습니다. 눈을 밟는 구두 발자국 소리에 철걱철걱 하고 쇠붙이가 무엇에 부딪치는 소리 같았습니다. 마을 개들이 요란하게 짖기 시작했습니다.

"일본 순사다."

누군가가 겁에 질린 작은 소리로 말했습니다.

"에헴!"

할아버지는 기침을 하고 담뱃대로 탕탕 놋쇠 재떨이를 때렸습니다.

발자국 소리는 점점 멀어져 갔고, 얼마 뒤에는 개들도 짖지 않아 마을은 다시 조용해졌습니다.

눈은 한결같이 내리고 섣달 밤은 점점 깊어 갔습니다.

약과

서울 어느 대감 댁에 청탁 뇌물로 들어온 약과!
꿀에 인삼 가루를 넣어 만들어, 먹으면 오래 산다는
그 약과를 노리는 쥐들이 있었으니…….

지체 높고 권세 좋은 서울 어느 대감님 댁. 오늘따라 드나드는 사람이 부쩍 늘어서 대문간이 한결 분주했습니다. 도포 자락을 흔들거리며 점잖게 헛기침을 하는 분도 있고, 두루마기 동정에 때가 꼬질꼬질한 샌님들도 있습니다. 억센 경상도 사투리를 쓰는 사람도 있고, 가냘픈 충청도 말씨를 쓰는 분도 있었습니다.

혼자 오는 사람도 있지만 대부분은 무엇인가 묵직하게 한 짐씩 하인에게 지워 가지고 와서는 대감을 찾았습니다. 나귀 등이 휘어지게 싣고 오는 손님도 있고, 계집종의 머리에 예

뻔 함을 이워 오는 부인도 있습니다. 내일이 바로 이 댁 대감님의 생일이라고 합니다.

선달도 보름이 지나 날씨는 매우 추웠습니다. 온갖 맛좋은 음식 냄새가 찬바람에 실려 담 너머로 풍겨 나왔습니다.

해가 질 무렵, 또 하나의 선물 짐이 대감 댁을 찾았습니다. 눈길을 며칠 동안 걸은 듯, 짚신감발에 행전을 친 아랫도리는 온통 얼음 기둥 같았습니다. 그는 쓰러질 듯 대문에 들어서서,

"강릉 부사 분부로 대감께 아뢰오."

하고 짐을 내려놓더니, 그만 그 자리에 쓰러지고 말았습니다. 대감 댁 하인들이 달려와서 그를 일으켜 부축을 하여 행랑채로 데리고 갔습니다.

짐은 안으로 들어가고 짐과 함께 온 편지는 대감에게 전해졌습니다.

"흠, 강릉 부사가……?"

사랑에서 바둑을 두던 대감은 편지를 대충 읽고는 다시 바둑만 두었습니다.

"아이구, 아이구!"

행랑채에서는 짐을 지고 온 하인이 앓고 있었습니다. 눈이 쌓인 대관령을 넘어 밤낮으로 달려왔으니 온몸이 얼고 지치어 병이 났습니다.

마당에서는 떡 치는 소리가 들려오고 과방 쪽에서 풍겨 오는 지지미 냄새가 코를 찌르는데, 선물 짐을 나르는 발자국 소리는 끊어지지 않았습니다.

선물 짐이 대감 댁 대문간으로 분주히 들어올 때, 이 집 다락으로 통하는 쥐구멍으로 쥐들의 발자국이 요란했습니다. 이 근방에 사는 쥐들은 모두 모여들어 다락 구석에서는 쥐들의 큰 회의가 열렸습니다.

목덜미에 흰 털이 난 대장 쥐가 가운데 앉고, 그 둘레에 크고 작은 쥐들이 둘러앉았습니다.

"에헴, 너희들도 알다시피 내일이 바로 이 집 대감의 생신 날이다. 그래서……."

대장 쥐는 제법 위엄을 보이며 입을 열었습니다.

"그래서 우리들도 이 기회에 그 맛좋은 음식을 좀……."

대장 쥐는 여기까지 말하고 침을 꼴딱 삼켰습니다.

때마침 고소한 냄새가 이곳 쥐들의 회의실까지 스며들었

습니다. 쥐들은 모두 어쩔 줄을 모릅니다. 코를 발름발름하는 놈, 무턱대고 꼬리를 흔드는 놈, 앞발을 추켜들고 팔딱팔딱 뛰는 놈……. 장내는 갑자기 흥분의 도가니가 되었습니다.

"에헴, 다들 조용히 하라. 이렇게 분별없이 날뛰다가는 이 집 고양이 놈에게 몰살을 당하고 말 것이다."

대장 쥐가 콧수염을 곤두세워 호령을 하자 쥐들은 다시 잠잠해졌습니다.

"헤헤헤, 지당하신 말씀입니다. 우리가 무슨 일을 해도 찬찬해야 합니다. 옛날 병법에도 있는 바와 같이, 먼저 적을 알고 나를 알아야 하며, 앞과 뒤를 잘 가려서 하면 그까짓 고양이 놈도 두려울 것 없는 줄로 아뢰오, 헤헤헤."

꾀 많고 간사스럽기로 이름난 생쥐가 눈언저리에 살살 웃음을 피우며 말했습니다.

"암, 생쥐 공의 말이 옳도다. 옛날 우리 조상들은 고양이 목에다 방울 달 의논을 했다니 그 원 어리석기도 하지. 하하하!"

대장 쥐가 웃자 다른 쥐들도 모두 웃었습니다. 그중에 안 나오는 웃음을 억지로 웃는 놈도 있습니다.

"그래서, 들어 봐라."

대장 쥐의 말씀은 아직 끝나지 않았습니다.

"오늘 우리가 벌어 올 음식은, 무엇보다도 강릉 부사가 보내 온 약과란 말이다. 그 약과에 대해서 생쥐 공, 좀 자세히 이야기를 해 보우."

대장 쥐의 명령이 떨어지기가 바쁘게 생쥐는 한 걸음 앞으로 나왔습니다. 앞발을 쳐들고 수염을 몇 번 쓰다듬고는 아랫배를 볼쏙 내밀었습니다.

"에헴, 그 약과로 말할 것 같으면, 강릉 부사가 특히 이 대감에게 잘 보여 다음에 평양 감사라도 한자리 할 생각을 가지고 보낸 것인즉……, 에헴, 보통 서울에서 만드는 약과와는 근본적으로 다른 것입니다."

생쥐는 신바람이 나서 침을 튀기며 말을 계속했습니다.

"그 약과는 강원도 오대산에서 나는 청밀(꿀)에다 인삼 가루를 반죽하여 만들었으니, 우리가 그것을 먹으면 더 오래 살고 병도 나지 않을 것입니다."

대장 쥐를 비롯한 많은 쥐들은 아는 것이 많은 생쥐에 탄복을 했습니다.

"그래, 그 약과를 얻자면 어떻게 함이 좋을꼬?"

대장 쥐가 쥐들을 훑어보며 물었습니다.

"대장님, 다들 잠든 한밤에 제가 부하들을 데리고 가서 목숨을 걸고 얻어 오겠습니다."

여러 쥐들 중에서 점박이가 나와 읍하고 아뢰었습니다.

점박이는 쥐들 중에서 가장 용감하다고 누구나 알아주는 터이라 모두들 그 말이 옳다고 찬성했습니다.

그러자 생쥐가 나섰습니다.

"에에, 아니올시다. 점박이의 말은 힘만 믿고 꾀가 없는 말이올시다. 우리가 공격을 개시할 시기는 땅거미 질 무렵이라야 옳은 줄로 아옵니다. 에에, 옛 병법에도, 적이 마음 놓고 있을 때 공격하면 반드시 이긴다고 합니다. 그때는 다들 저녁밥을 들기에 바쁘고, 고양이 놈도 이것저것 많이 먹어 식곤증에 졸고 있을 것이라, 이때를 놓치면 다시 때가 없는 줄로 압니다."

생쥐의 말에 대장 쥐는 만족하여,

"과연 생쥐 공의 말이 옳도다. 생쥐 공의 꾀는 옛날 제갈량도 따르지 못할지니 내 마음이 든든하오."

하고 칭찬을 했습니다.

"분에 넘치는 말씀 황공하옵니다."

생쥐는 꼬리를 살살 치며 머리를 조아렸습니다.

대감 댁 높다란 추녀 끝에 달린 꽃초롱에 불이 켜졌습니다.

쥐들은 출동 준비를 마치고 대장 쥐의 훈시를 듣고 있습니다.

"에헴, 너희들은 용맹과 슬기를 다하여 싸울지니라. 모든 일에 질서를 지키고, 상관의 명령을 잘 지키어 잘못됨이 없도록 하라. 오늘 나는 특히 점박이 장군의 용맹과 충성심을 깊이 믿어 이 일을 맡기는 바이다."

대장 쥐는 자못 흥분하여 말소리가 떨렸습니다. 점박이는 쥐들을 대표하여 엄숙히 다짐했습니다.

"우리는 죽음을 무릅쓰고 잘 싸워 반드시 이기고 돌아올 것을 맹세합니다. 쥐들 만세! 우리 대장 만세!"

쥐들은 점박이의 호령으로 진격을 시작했습니다.

꾀 많은 생쥐만은 대장의 옆에 남았습니다.

쥐들의 부대가 떠난 후 생쥐는 무어라고 소곤소곤 귓속말로 아뢰었습니다.

"음, 과연 생쥐 공은 꾀가 많소."

대장 쥐는 빙그레 웃으면서 고개를 끄덕였습니다.

쥐들은 안방의 벽장에다 구멍을 뚫기 시작했습니다. 점박이가 앞장서서 이빨에 피를 흘리며 구멍을 뚫었습니다.

생쥐의 말대로 온 식구들이 저녁밥 먹기에 한창이고 고양이 놈도 배가 불러 깊이 잠들어 있었습니다.

쥐들은 드디어 벽장 속에 든 약과를 발견했습니다.

"누구든지 제 욕심을 차려 여기서 먹는 놈은 군법에 따라 용서하지 않을 것이다."

점박이의 서릿발 같은 호령이 떨어졌습니다.

쥐들은 각기 힘껏 약과를 물고 대장 쥐가 기다리는 본부로 돌아왔습니다.

"다들 훌륭하게 싸웠다. 너희들의 빛나는 공을 높이 칭찬하여 모두 한 계급씩 진급을 시킨다. 그리고 특히 점박이 장군에게는 일등 공로 훈장을 주는 바이다."

대장 쥐는 약과 무더기를 앞에 놓고 돌아온 용사들을 칭찬했습니다.

"그러나 아직 약과를 먹을 수 없다. 먹고 싶은 생각은 간절하겠지만 우리는 영광의 최후까지 참아야 한다. 이제 만일 고양이가 공격해 오면 모든 것이 헛일이 된다. 지금부터 이 약과를 안전한 곳으로 나른다."

쥐들은 아무 말도 없이 대장 쥐가 시키는 대로 다시 움직였습니다.

생쥐가 미리 봐 둔 구멍 속으로 약과를 날랐습니다. 그리고 다시 다락에 모였습니다.

"오늘같이 좋은 기회에 한 번으로 그치기는 아깝다. 다시 한 번 더 약과를 물어 오너라. 이번에 벌어 온 결과를 보아 약과를 상으로 줄 것이다."

대장 쥐는 다시 쥐들을 출동시켰습니다.

그러는 동안 대감 댁 안방에서는 야단이 났습니다.

"좀 단단히 간수하지 않고 이게 무슨 꼴이냐?"

마님은 분함을 참지 못해 계집종들을 모질게 꾸짖었습니다. 그중에서도 약과를 받아 벽장에 넣어 둔 분이는 대청에 꿇어앉아 매를 맞았습니다.

"쇤네는 아무 죄도 없습니다. 그것을 받아 벽장에 넣어 둔 죄뿐이옵니다."

분이는 울었습니다.

"뭐? 강릉 부사가 보낸 약과를 쥐가 먹었다고? 허허허, 강릉 부사 운수가 나쁘군그래."

사랑방에서 대감의 혀 꼬부라진 소리가 났습니다.

매를 맞고 나온 분이는 울며 막대기를 들고 고양이를 찾았습니다.

"이놈의 고양이, 쥐도 안 잡고 뭘 하느냐?"

분이는 고양이를 사정없이 때렸습니다.

"야옹."

고양이의 눈에서는 새파란 불길이 타올랐습니다.

두 번째로 출동한 쥐들은 고양이의 무서운 발톱 아래 차례로 피투성이가 되어 쓰러졌습니다.

"저, 저는 아무 죄도 없습니다. 시키

는 대로 했습니다."

쥐들은 싹싹 앞발을 비비며 목숨만 살려 달라고 했지만 고양이는 더욱 사납게, 닥치는 대로 찢고 깨물었습니다. 쥐들의 애처로운 비명은 대장 쥐와 생쥐가 숨어 있는 구멍 속에도 들려왔습니다.

"헤헤헤, 대장님, 저 소리를 들어 보십시오. 모든 일이 제가 꾸민 대로 되었습니다."

생쥐는 약과를 갉아먹던 주둥이에 간사한 웃음을 띠고 말했습니다.

"음."

대장 쥐는 대답보다 먹는 게 더 급했습니다.

얼마 후 점박이 쥐는 이 집 행랑채 마루 밑에 있는 제 집으로 돌아왔습니다. 주둥이에서는 피가 흐르고 뒷다리도 고양이의 발톱에 상처를 입었습니다.

"아이구, 아이구."

점박이는 신음을 하며 앓았습니다.

"아이구, 아이구."

행랑채 방에서도 앓는 소리가 들려오고 있습니다. 오늘 낮에 강릉에서 약과를 지고 온 하인의 신음 소리입니다.

"아이구, 아이구."

"아이구, 아이구."

쥐와 사람이 앓고 있는 동안 다락 한구석에서는 생쥐와 대장 쥐가 약과를 먹으면서 콧노래를 흥얼거리고, 대감이 있는 사랑방에서는 아름다운 거문고 가락에 섞여 굵고 가는 웃음 소리가 쏟아져 나왔습니다.

찬바람이 씽씽 어둠 속을 달리는데 크고 작은 별들이 무엇이라고 속삭이고 있었습니다.

빨간 꽃
노란 꽃

"빨간 꽃 내가 더 예뻐!"

"흥, 어림도 없지. 이 노랑이 더 고와."

서로 자신의 아름다움을 뽐내던 빨간 꽃과

노란 꽃! 며칠 뒤 꽃은 지고 냄새나는

거름이 되는데…….

장미 두 그루가 과수원 집 뜰에 나란히 서 있습니다. 키는 세 살 먹은 아기만하고, 줄기와 잎들의 모양과 빛깔도 같습니다. 쌍둥이처럼 사이좋게 자랐습니다.

초여름 어느 날, 아침 햇살을 받고 장미들은 그루마다 한 송이씩 꽃을 피웠습니다. 제일 먼저 핀 첫 번째 꽃들입니다.

"야, 아름답다."

"참 향기롭다."

하며, 둘레에 있는 나무와 풀들이 손뼉을 쳐주었습니다. 꽃들은 기뻐서 어쩔 줄을 몰랐습니다.

"애, 너는 빨갛구나."

"아니, 너는 노랗구나."

꽃들은 서로 바라보며 외쳤습니다.

"노란 꽃, 빨간 꽃 모두모두 예쁘다."

벌들과 나비들도 노래를 부르며 칭찬했습니다.

빨간 꽃은 그만 성이 나서,

"모두모두 예쁜 게 아니야. 빨간 꽃 내가 더 예뻐!"

라고 외쳤습니다. 그러자 노란 꽃도,

"흥, 어림도 없지. 이 노랑이 더 고와."

하고 새침해졌습니다.

"노랑은 부드럽고 너그럽고 점잖고, 빨강은 재빠르고 다정하고 힘차고."

하며 벌과 나비들이 또 칭찬해 주었습니다.

꽃들은 더욱 성이 났습니다.

"요 앙큼하고 앙칼지고 모진 빨강아, 까불지 마."

"이 엉큼하고 심술궂고 미련한 노랑아, 빈정대지 마."

다투는 소리가 그치지 않는데 어느덧 해가 졌습니다. 모든 빛깔이 없어졌습니다. 장미꽃들도 싸움을 그쳤습니다.

새로운 아침이 왔습니다. 모든 세상의 빛깔
이 다시 살아났습니다.

"애, 빨강아, 너는 밤사이에 시들어서 불그
죽죽해져 보기 흉하구나."

"노랑아, 너야말로 밤새 곯아서 누르칙칙해
졌구나."

"너는 저 두엄 더미에 있는 거름처럼 썩은
냄새가 난다."

"너는 저 거름 더미에 있는 두엄같이 구린
냄새가 난다."

"메스껍고 역겹다."

"아니꼽고 구역질난다."

빨강과 노랑이 한창 다툴 때,

"하하하, 참 귀엽게 다투는구나."

하고 크게 웃는 소리가 들렸습니다.

거름 더미에 있는 두엄들입니다.

또 밤이 되었습니다. 구름이 하늘을 덮어서
달도 별도 없었습니다. 꽃들도 빛깔들도 모두

조용해졌습니다.

거름 더미는 썩는 냄새를 더 진하게 토해 냈습니다.

이튿날, 새벽부터 비가 내렸습니다.

비는 종일 내리고 그다음 날도 쉬지 않고 내렸습니다.

사흘 만에 구름이 사라지고 다시 햇살이 퍼졌습니다. 장미 꽃들은 빗줄기를 맞아 망가지고 일그러졌습니다. 벌도 나비도 오지 않았습니다.

과수원 집 아저씨가 전지가위를 들고 와서,

"첫 번째 꽃은 다 늙었구나. 어서 동생 꽃들이 피어야 할 텐데."

하며 싹둑싹둑 장미꽃들을 잘라 거름 더미에 던져 버렸습니다.

"빨강아, 미안해."

"노랑아, 용서해."

하며, 첫 번째 꽃들은 울었습니다. 해님이 뜨거운 햇살을 퍼붓자, 빨강도 노랑도 모두 거름이 되어 갔습니다.

가을이 가까워질 무렵, 과수원 집 아저씨는 거름이 되어 버린 첫 번째 꽃들을 삽으로 떠서 장미들의 뿌리 곁에 묻었습니다.

"빨강이 더 예뻐."

"노랑이 더 고와."

동생 꽃들이 서로 다투고 있었습니다.

"하하하, 우리 동생들 참 귀엽게 다투는구나."

거름이 된 첫 번째 꽃들은 크게 웃었습니다.

진 대감의 낚시질

영원히 살고 싶은 진 대감! 불로장생을 위해
금강산 만수담에 있는 이무기를 잡으러 떠나는데…….
과연 진 대감은 이무기를 잡을 수 있을까요?

"**아** 아하."

진 대감은 비단 포단 위에 홀로 앉아서 슬픈 눈으로 천장을 쳐다보았습니다. 소란 반자의 높은 천장이 진 대감의 희끗희끗한 상투머리를 내려다보고 있습니다.

'나는 늙었구나, 늙었어. 그러나 죽을 수는 없다. 나는 오래오래 살아서 이 나라를 아니, 온 세상을 내 손아귀에 넣어야지.'

진 대감은 어금니를 불끈 깨물었습니다. 아직 이는 튼튼합니다. 굵은 눈망울 속에서 구리구리 욕심의 불길이 타오릅니다. 턱 밑의 희고 긴 수염이 부르르 떨렸습니다.

진 대감의 나이는 예순두 살.

"여봐라, 아무도 없느냐?"

그는 대청 쪽 미닫이를 짜증스럽게 열어붙였습니다.

부드러운 봄바람이 방 안으로 밀려 들어왔습니다. 넓은 정원에는 온갖 꽃들이 젊음과 행복을 마음껏 누리고 있습니다.

"소인, 여기 있습니다."

늙은 하인 하나가 섬돌에 나와 읍을 하였습니다.

"음, 그 왜 유명한 관상쟁이 말이다."

"예, 강원도 금강산에서 10년 동안 도를 닦았다는 백운 도사 말씀입니까?"

"음, 그래그래. 그 관상쟁이가 지금 김 대감 댁 사랑방에 와 있다고 하니 어서 가서 데려오도록 해라."

"예, 분부대로 거행하겠습니다."

하인이 물러가고 얼마 안 되어 대문 쪽에서 목탁 소리와 함께 염불 소리가 들려왔습니다. 높고 낮은 은은한 가락이 봄바람을 타고 뜰에 가득히 여울집니다.

"여보게, 자네 이리 오게."

진 대감의 호령에 대문 밖에서 염불하던 중은 사랑방 섬돌에 올라섰습니다.

"소승에게 무슨 하실 말씀이 있습니까?"

늙은 중은 염주를 쥔 손으로 합장하고 말했습니다.

"여보게, 자네는 중이니 세상 운수를 알 것 아닌가. 내가 앞으로 얼마나 더 살다가 죽겠는가?"

"소승이 어찌 그것을 알겠습니까? 목숨이 있는 것은 반드시 죽게 마련이라는 것을 알고 있을 뿐입니다."

"음, 목숨 있는 것은 반드시 죽는다고?"

"예, 그것은 어찌할 수 없는 길인 줄 아옵니다. 나무아미타불."

"여보게, 안 죽는 법은 없는가? 그것만 가르쳐 주면 내 천금을 상으로 주겠네."

"대감님, 욕심이 과하십니다. 나무아미타불."

중은 목탁을 한 번 두드리고 돌아가 버렸습니다.

해가 질 무렵에 하인은 도사를 데리고 왔습니다. 작달막한 키에 얇은 눈시울을 한 백운 도사라는 늙은이는 연신 잔기침을 하며 염소수염을 만지작거립니다.

그의 앞에는 기름진 안주와 향기로운 술이 차려졌습니다.

"자, 우선 한 잔 드시고…….."

진 대감은 백운 도사에게 술을 권했습니다.

"과분한 대접에 황공할 따름입니다."

"허, 무슨 당치 않은 소리를……. 자, 어서 들고 나를 위해서 좋은 말을 해 주오."

"대감님, 무슨 말씀을 소인이 해 올리오리까?"

"내가 이미 늙었는데 아직 죽기는 싫소. 그러니 선생은 나를 위해 오래 살 수 있는 비결을 가르쳐 주오."

"헤헤헤, 대감님, 어찌 하늘의 이치를 거역할 수가 있겠습니까?"

"그게 무슨 소리요?"

"소인, 그것을 안다고 해서 함부로 말할 수 있겠습니까?"

"음, 오래 살 수 있는 비결이 있기는 있는 모양이군…….. 내가 오래 살자는 것은 내 혼자의 욕심이 아니라, 나라를 위해서 하는 말이오."

"헤헤헤, 지당하신 말씀입니다."

"어서 말해 주오."

"저, 저……."

"어서 말해 주오. 자, 어서 이 잔을 들고 말해 주오."

진 대감은 오래 살고 싶은 욕심에 목이 마릅니다.

도사라는 늙은이는 무엇을 생각하는 체 조용히 눈을 감았다 다시 떴습니다.

"둘레의 사람을 모두 물러나게 해 주십시오."

도사의 말에 곁에 앉았던 시녀들은 모두 물러갔습니다.

밤이 깊어 촛불도 졸음에 겨운 듯 너울거립니다.

진 대감은 벽장을 열고 묵직한 비단 주머니를 내어 도사의 무릎에 던졌습니다. 금은보화가 든 주머니입니다.

도사는 비단 주머니를 받자 눈에는 요사스러운 빛이 반들거렸습니다. 그는 진 대감의 귀에다 입을 대고,

"대감님, 저, 금강산 만수담이라고 있습니다."

"음."

"그 깊은 웅덩이에는 천 년 묵은 이무기가 살고 있습니다."

"이무기가?"

"예, 그 이무기의 간을 내어 잡수시면 오래오래 사실 수 있습니다."

"음, 그러나 그 이무기를 어떻게 잡는단 말이오?"

"하아, 대감님도. 잡는 것은 쉽지만 그보다 더 어려운 것이 있습니다."

"어려운 것이 있다고?"

"예, 이 일을 입 밖에 내서는 아니 되옵니다. 대감님 외에 어떤 사람도 알아서는 아니 되옵니다."

"음, 알겠소. 자, 그 이무기를 잡는 법만 가르쳐 주오."

"예, 9월 그믐날 한밤중에 아무도 모르게 손수 낚시질을 하시면 잡을 수 있습니다."

"알겠소."

진 대감은 어금니를 불끈 깨물었습니다.

봄이 가고 여름이 지나 가을이 깊었습니다. 진 대감은 아내와 아들딸들에게 지방 민심을 살피러 간다고 속이고 허름한 차림으로 금강산을 향했습니다.

길을 걷지 않던 몸이라 처음에는 고되고 고생스러웠지만, 오래 살자는 욕심 때문에 견딜 수 있었습니다.

며칠을 걸어 금강산에 닿았습니다. 도사가 일러 주던 만수담을 찾으니 아는 사람이 거의 없었습니다. 골짜기마다 묻고 찾아서 겨우 만수담에 도착했습니다.

폭포가 내리쳐서 굽이 도는 곳으로, 넓지는 않지만 무섭도록 푸르기만 합니다.

오늘밤이 마침 9월 그믐날, 진 대감은 어둠이 찾아 들기만 기다렸습니다. 정신없이 물을 내려다보고 섰는데,

"나무아미타불."

염불 소리가 들려왔습니다. 돌아보니 뒤에 늙은 중 하나가

서 있었습니다.

'아니? 저놈은 전에 내 집에 왔던 놈이 아닌가? 저 중놈이 내 비밀을 알고 있는가?'

진 대감은 가슴이 섬뜩했습니다.

그러자 중은 합장을 하고,

"낚시질을 하지 마십시오. 낚는 자도 낚이는 자도 모두 같습니다. 목숨 있는 자는 반드시 죽습니다. 나무아미타불."

하고는 가 버렸습니다. 그러나 진 대감은 욕심의 불길이 가슴에 가득하여 다른 것은 생각할 겨를도 없습니다.

밤이 깊었습니다. 낙엽 소리와 물 흐르는 소리뿐입니다. 진 대감은 조용히 낚싯줄을 물속으로 밀어 넣었습니다. 명주실을 여러 겹으로 꼬아 만든 튼튼한 낚싯줄입니다. 낚싯바늘에는 향기로운 미끼가 꽂혀 있습니다. 낚싯줄은 자꾸 풀려 내려갔습니다.

물에는 수없이 별이 떠오릅니다. 시간이 흘러갑니다.

"이크!"

잡고 있던 낚싯줄이 부르르 떨렸습니다. 진 대감의 가슴이 둥당둥당 뛰기 시작했습니다.

"이무기다!"

진 대감이 정신없이 낚싯줄을 당기는데, 그 순간 진 대감의 몸이 풍덩, 하고 물속으로 빠져 들어갔습니다.

"이무기다. 불사약이다!"

진 대감의 마지막 외침이 골짜기에 메아리칠 때, 진 대감을 삼킨 만수담의 시퍼런 물에는 다시 별빛이 떠올랐습니다.

풍경 소리

수미산 아래 염마당 마루에 있는
일곱 개의 기둥! 착한 사람이 가운데 기둥에
몸이 닿으면 풍경 소리가 난다고 하는데…….
글 잘하는 선비, 말 잘하는 스님, 공을 세운 장군,
재산이 많은 부자……. 과연 누구의 몸이
닿았을 때 풍경 소리가 날까요?

높고 깊은 산속에 옹달샘 하나가 있습니다. 산새와 짐승들의 보금자리입니다. 바람들이 잠시 머물렀다가 가는 곳이기도 합니다.

바람들은 세계의 온갖 이야기들을 이 샘물에다 속삭입니다. 열대 사막의 더위, 북극 얼음판의 추위, 아득한 옛날의 이야기로부터 금방 일어난 일들에 이르기까지 헤아려도 헤아려도 끝이 없는 이야기가 샘물 속에 녹아듭니다. 이야기가 녹아든 샘물은 골짜기를 타고 흘러내립니다.

어린이들에게 재미있고 유익한 이야기를 들려주고 있는

이야기 할아버지가 바랑을 메고 이 산에 왔습니다. 여기저기 이야깃거리를 찾아 산속을 헤매다가 이 샘을 만났습니다. 물이 하도 맑아서 조롱 바가지로 여러 번 물을 떠 마시고 땀을 씻었습니다.

바람이 솔솔 불어옵니다. 바랑을 베고 누웠습니다. 배 속에 들어간 맑은 물과 이마를 스쳐 가는 바람들이 이야기 할아버지에게 재미나는 이야기를 일러 주었습니다.

이야기 할아버지가 들은 많고 많은 이야기 중의 한 자루만 적어 보겠습니다. 아득한 옛날, 무궁화가 피고 지는 나라에서 생겨난 이야기입니다.

가을 해가 저물어 바람결이 한층 서늘해졌습니다. 쉰 살이 조금 넘은 듯한 사람이 긴 그림자를 드리우며 길을 재촉하고 있습니다. 싸릿골에 사는 조 약국이 그의 머슴 덕보를 데리고 먼 길을 가고 있습니다.

"덕보야, 또 뭘 줍고 있느냐?"

"아무것도 아니올시다."

하고, 덕보는 얼른 굽혔던 허리를 펴고 열없이 웃어 보였습니다.

"또 사금파리를 주웠느냐?"

"그, 저, 가시나무가 있길래 주워서 치웠습니다."

"음, 버릇은 할 수 없군."

덕보의 버릇이란, 길에서 사금파리, 뾰족한 돌부리, 가시들을 보면 그냥 버려두지 않고 꼭 치워야만 발걸음이 옮겨지는 것입니다.

덕보를 마을 사람들은 바보라고도 하며 혹 떡보라고도 부릅니다. 아이들이,

"떡보, 바보, 왕눈이."

라고 조롱을 해도 빙긋빙긋 웃기만 합니다. 그는 농담 속에서도 거짓말을 할 줄 모르기 때문에 늘 남들의 놀림감이 되어 왔습니다. 몸집이 크지만 남과 다투지 않고 늘 지기만 합니다. 눈이 유난히 크기 때문에 왕눈이란 별명도 있습니다.

몇 해 전의 일입니다. 주인집 어린 도련님이 참새 새끼를 잡아서 기른 일이 있었습니다. 참새 새끼는 파리를 잡아 주면 잘 먹는데, 얼마 동안은 모이를 받아먹다가 사흘 만에 죽고 말았습니다.

덕보가 아기 새의 시체를 뒤뜰에다 묻어 주며 하도 슬퍼했기 때문에, 참새 상주라는 별명이 또 하나 생기게 되었습니다. 덕보가 참새 새끼의 시체를 손바닥에 놓고 한참 보다가, 그만 굵은 눈물방울을 뚝뚝 떨어뜨리더니 마침내 큰 소리를 내어 울고 말았습니다.

덕보는 일찍이 부모를 잃고 열 살 전에 조 약국 집에 머슴으로 들어와 열심히 일하며 자랐습니다. 이제 서른 살인데 아직 총각이라 머리를 길게 땋고 있습니다.

조 약국은 이번 행차를 마치면 집 한 채와 논 몇 마지기를 주고 장가도 들게 하여 새 살림을 마련해 주기로 마음먹고 있습니다.

남들이 모두 바보라고 하지만 조 약국만은 그를 퍽 대견스럽게 여기어 늘 데리고 다녔으며, 덕보도 조 약국을 아버지같이 여기며 잘 따랐습니다. 덕보는 조 약국이 이 세상에서 제일 착하다고 자랑하고 다녔습니다.

"어르신네, 이번 염마당 제사에서는 꼭 장원이 될 것입니다."

"글쎄……."

하고 조 약국은 지는 해를 바라보았습니다.

염마당은 수미산이란 큰 산 아래 있습니다. 10년마다 한 번씩 큰 제사가 있습니다. 이 제사에는 임금님이 보내는 어사도 참석합니다. 사방에서 많은 사람들이 모여드는데, 모인 사람 가운데서 제일 착한 사람을 뽑는 행사가 있습니다. '착한 사람 뽑기 대회'가 열리는 셈입니다. 여기서 장원으로 뽑힌 사람은 존경을 받는 것은 말할 것도 없고, 나라에서 비단 백 필과 백 섬지기의 땅과 열 사람의 종을 상으로 내려 주고, 대감이라고 부를 수 있는 높은 벼슬도 주게 되어 있습니다.

그런데 참 이상합니다. 아직까지 아무도 그 엄청난 상을 받은 사람이 없습니다.

백 년 전, 나라에서 상을 주는 법이 생기기 이전에는 착한 사람이 많이 나왔다고 합니다. 그때는 착한 사람으로 뽑히면 죽어서 좋은 세상에 태어난다는 말만 있었습니다.

나라에서 상을 주기로 정하면서 한 고을에서 한 사람씩만 시험에 참가할 수 있게 했습니다. 그렇게 정해진 후부터 착한 사람이 뽑히지 않게 된 것입니다.

이 나라에 72개의 고을이 있기 때문에 72명의 착한 사람이 우선 뽑힙니다. 이렇게 뽑힌 사람들은 '칠십이현'이라 부릅니다. 칠십이현만 되어도 큰 영광입니다. 각 고을의 현감이나 부사가 그 고을 백성들의 소문을 듣고 가장 착한 일을 많이 했다고 생각되는 사람 셋을 문서에 적어 서울로 올립니다. 서울의 대감들이 의논을 한 후 그중에서 한 사람을 정합니다.

싸릿골의 조 약국이 칠십이현으로 뽑힌 것은 당연하다고 세상 사람들이 말합니다. 아무래도 장원을 할 것이라는 소문도 나돌고 있습니다.

조 약국은 약국을 시작해서 30년 동안 수많은 사람들의 병을 고쳤습니다. 그의 약은 신기하게 잘 들어서 날마다 약을 지으러 오는 사람들이 시장 바닥처럼 모여들었습니다. 약값도 헐하게 받았습니다. 몹시 가난한 사람으로부터는 약값을 받지 않았습니다. 삼 년 전에는 큰 흉년이 들었는데 조 약국이 자기 집 창고에 쌓였던 곡식을 나누어 주어 많은 사람들이 구원을 받았습니다.

조 약국은 이번에 만일 상을 받게 되면 그것을 모두 고을 사람들에게 나누어 주기로 했습니다. 덕보가 장날마다 다니

며 이것을 소문냈기 때문에 고을 사람들은 벌써 다 알고 있습
니다.

조 약국은 어둑살이 깔릴 무렵에 주막에 들었습니다. 다리
가 매우 아팠지만 참았습니다. 말이나 가마를 타지 않고 일

부러 걷기로 한 것입니다.

주막에는 다른 몇 사람의 나그네들도 들었습니다. 조 약국이 자는 방에는 중도 한 사람 있었습니다.

"처음 뵙겠습니다. 나는 싸릿골에 사는 조필선이라는 사람입니다."

"예, 그 이름난 조 약국 어른이시군요. 소승은 다락골 지장사에서 온 자선이란 중입니다."

"아하, 착한 일을 많이 하기로 유명하신 바로 그 자선 법사이시군요."

다락골 지장사의 자선 법사도 칠십이현에 뽑힌 사람입니다. 조 약국은 자선 법사의 훌륭한 점을 많이 칭찬했습니다. 말 잘하기로 유명한 자선 법사도 조 약국의 훌륭한 점을 많이 이야기했습니다. 그들은 고단한 것도 잊어버리고 밤이 깊도록 이야기를 나누었습니다.

자선 법사는 그의 설법으로 고을에서 노름꾼과 술주정뱅이를 없앴습니다. 무당과 점쟁이가 발붙일 수 없게 했습니다. 절에 찾아오는 사람이 날로 많아져서 시주받은 곡식과 피륙들이 창고에 가득 찼습니다. 자선 법사는 절 앞으로 흐르는 개울에 해탈교라는 다리를 놓았고 대웅전도 새롭게 고 쳤습니다.

지장사의 부처님은 영험이 있어 무엇이든지 소원을 이루 어 준다고 소문이 나게 되었습니다. 아들을 낳게 해 달라고, 돈을 벌게 해 달라고, 모진 병을 낫게 해 달라고……, 하루에 도 수많은 사람들이 찾아왔습니다.

절 밑에는 초와 향을 파는 사람들, 절까지 사람이나 짐을 날라다 주는 일꾼들, 그들이 먹고 자는 주막들이 들어서 어 느새 시장 거리가 이루어졌습니다.

새벽녘에 주막의 안방에서 부산하게 사람들이 들락거리 는 기척이 나고 여자의 울음소리도 들려왔습니다. 주막 주인 의 여섯 살난 외동아들이 갑자기 병이 나서 목숨이 위태롭게 되었습니다.

건넛마을에 살고 있는 김 약국이 와서 침을 놓고 약을 먹 였지만 낫지 않았습니다. 배가 아프다고 몸부림을 치다가 이 제는 지쳐서 눈을 감은 채 숨만 겨우 할딱거릴 뿐이었습니다.

옆방에서 자던 덕보가 먼저 이것을 알고 조 약국을 깨웠습 니다. 조 약국은 아기를 진맥한 후 자기 짐 속에서 환약 몇 알을 꺼내어 먹였습니다.

얼마 후 아기는 눈을 떴습니다. 불덩이 같던 몸의 열도 내렸고 숨소리도 편안해졌습니다.

"아이고, 바로 옆방에 이런 분이 계시는 줄은 몰랐습니다. 이 은혜를 무엇으로 갚아야 할지 모르겠습니다."

주인 내외는 고마움과 기쁨에 어쩔 줄 몰라 했습니다.

옆에서 가만히 보고만 있던 건넛마을 김 약국이 입을 열었습니다.

"조 약국의 인술은 참 신기합니다. 나도 약국이니 그 약 만드는 처방을 좀 가르쳐 주시오. 그러면 이 고을 사람들도 이런 급한 병이 났을 때 고칠 수 있게 될 것 아닙니까?"

하며 고개까지 숙여 부탁했습니다.

"약 만드는 처방이라고요? 그것 좋지요. 가만있자, 그 처방이 하도 복잡해서 지금 다 알 수 없습니다."

하고 조 약국은 안타까운 듯한 얼굴을 지었습니다.

날이 새었습니다. 주막집 아들은 깨끗이 나았습니다.

조 약국은 약값도 받지 않고 자선 법사와 함께 길을 떠났습니다. 일행은 하루 온종일 걸었습니다. 해가 저물 무렵에

시오리 고개에 이르렀습니다. 어둡더라도 넘어가야 주막이 있습니다.

그들이 고갯마루 가까이 왔을 때는 별빛이 총총한 밤이 되었습니다. 고갯마루에 있는 큰 바위 앞에 촛불을 켜 놓고 열심히 기도를 드리고 있는 아주머니가 있었습니다.

세 사람은 걸음을 멈추고 바라보았습니다. 촛불에 비친 아주머니의 귀밑머리가 히끗히끗합니다. 하도 열심히 기도를 하느라 세 사람이 가까이 오는 줄도 모르고 손을 모아 빌고 있습니다.

한참 후에야 아주머니는 잠시 기도를 멈추고 조용히 뒤돌아보았습니다.

"우리는 길가는 나그네들입니다. 무슨 사연이 있기에 이 산중에서 혼자 기도를 하십니까?"

하고 조약국이 묻자,

"예, 우리 아들 과거에 급제하라고 빕니다."

하고는 다시 바위를 향해 손을 모았습니다.

"보세요, 이 바위가 무슨 영험이 있겠습니까. 기도를 하시려거든 부처님께 하시오."

자선 법사가 말하자 아주머니는 다시 돌아앉습니다.

"부처님께요? 어디에 있는 부처님이 영험이 있습니까? 스님께서 좀 가르쳐 주십시오."

"다락골에 있는 지장사 부처님의 영험이 대단하십니다."

"아, 그 소문난 지장사 스님이시군요. 지장사 부처님께 기도를 드리면 내 아들이 꼭 급제할까요?"

"아무렴요. 믿어야지요. 믿음이 있어야 소망을 이룰 수 있습니다."

아주머니는 대답을 안 하고 다시 기도를 시작했습니다. 세 사람은 그대로 걷기 시작했습니다.

며칠을 더 걸었습니다. 일행은 마침내 수미산 아래에 도착했습니다. 많은 사람들이 각지에서 모여들어 산자락에는 흰 옷의 물결을 이루었습니다. 칠십이현들도 다 왔습니다. 글 잘하는 선비, 말 잘하는 스님, 전장에서 공로를 세운 장군, 재산이 많은 부자…… . 여러 가지로 착한 일을 한 사람들입니다.

풍악이 울리고 염마당 앞에는 큰 제상이 차려졌습니다.

아침 해가 중천에 떠올랐습니다.

마침내 착한 사람 뽑는 시험이 시작되었습니다. 나라에서 온 대감이 두툼한 문서를 가지고 나와 길게 목청을 뽑아 차례로 칠십이현을 부릅니다.

"감나무골에 사는 박도선."

하자 감나무골 대표가 나왔습니다.

우선 제상 앞에 나아가 향불을 사르고 절을 했습니다.

"박도선은 천석꾼 부자로서 지난 흉년에 곡식을 많은 사람들에게 나누어 주어 굶어 죽을 뻔한 사람들을 살려 냈습니다. 평소에도 어려운 사람이 있으면 잘 도와주었고……."

대감은 그의 착한 일들을 읽어 갔습니다.

조용히 듣고 있던 사람들이 환호성을 지르며 칭찬했습니다. 그리고 또 조용해졌습니다.

박도선이 일어서서 천천히 염마당을 향해 계단을 오르기 시작했기 때문입니다. 염마당 마루에는 일곱 개의 큰 기둥이 서 있습니다. 그중의 제일 한가운데 있는 기둥 앞에 가 섰습니다. 그다음 머리와 가슴을 기둥에 대고 두 팔로 기둥을 안았습니다.

사람들은 숨을 죽이고 기다렸습니다. 그런데 아무런 기척도 없습니다.

"어?"

"쯧쯧쯧."

사람들은 저마다 뭐라고 알 수 없는 소리를 내었습니다. 박도선은 부끄러운 듯 고개를 숙인 채 천천히 염마당에서 내려왔습니다.

박도선은 착한 사람이 아닌 모양입니다. 무엇인가 죄가 있는 것입니다. 그가 참으로 착한 사람이라면 가운데 기둥에 몸이 닿으면 염마당 안에서 풍경 소리가 난다고 합니다. 아무런 소리도 나지 않는 것을 보면 그는 시험에서 떨어진 것입니다.

다음, 다다음 칠십이현은 차례로 나아가 절을 하고 기둥을 안아 보았지만 풍경 소리는 나지 않았습니다. 자선 법사도 헛일이었습니다. 모두들 무슨 죄가 있어서 풍경 소리가 들리지 않을까요?

염마당 왼쪽에는 큰 낭떠러지가 있고 그 아래에 깊고 푸른 물이 흐르고 있습니다. 낭떠러지 위에 서서 그 물을 내려다보면 자기의 죄가 보인다고 합니다. 그런데 아무도 자신의 죄를 볼 생각은 안 하고 그대로 되돌아갔습니다.

"싸릿골의 조필선."

하는 소리가 났습니다. 사람들은 이번에야 틀림이 없다고 믿었습니다.

조 약국이 예를 마치고 염마당 마루에 올라섰습니다. 마침내 기둥을 안았습니다. 숨 가쁜 시간이 흘렀습니다.

"아하, 저런, 저런……."

"조 약국도 무슨 죄가 있던가?"

사람들이 웅성거리기 시작했습니다.

그때였습니다.

"그럴 리가 없다. 엉터리다. 우리 조 약국 어른은 아무 죄도 없다. 이놈의 기둥이 다 뭐냐?"

하는 큰 소리와 함께, 누군가가 마구 기둥을 주먹으로 때리고 발로 차는 사람이 있었습니다.

"아니, 저, 저 미친 사람 좀 봐……."

"벌을 받는다!"

사람들은 모두 놀랐습니다.

그러나 더 놀라운 일이 생겼습니다. 풍경 소리가 울리는 것입니다. 사람들은 입을 다물고 귀와 눈을 의심했습니다. 덕보가 기둥을 때리고 발로 찰 때마다 댕그랑, 댕그랑 풍경 소리가 울렸습니다.

그는 성이 나서 아직까지도 풍경 소리를 듣지 못했습니다.

"이 기둥을 아주 뽑아 없애 버려야지!"

하며 덕보는 힘껏 기둥을 안았습니다. 그때 풍경 소리는 더욱 크게 울렸습니다. 덕보도 풍경 소리를 듣고 어이가 없다는 듯 기둥에서 물러섰습니다.

"아니야, 거짓이야! 나는 아무것도 착한 일을 하지 않았어."

라고 소리쳤습니다.

풍경 소리는 잠시 멈추었습니다. 그때 덕보의 몸을 기둥으로 밀어붙이고 팔을 부축하여 기둥을 안게 하는 사람이 있습니다. 조 약국입니다.

풍경 소리는 다시 울리기 시작했습니다.

악사들이 풍악을 연주하기 시작했습니다. 풍경 소리와 풍악 소리가 수미산에 울려 퍼졌습니다.

정월 대보름

찰밥을 먹고, 부럼을 깨고, 쥐불놀이를 하는
정월 대보름! 정겨운 우리 명절 정월 대보름의 정취를
한껏 느낄 수 있는 재미있는 이야기!

바람결이 어딘지 모르게 훈훈해졌다. 성주봉 골짜기엔 아직도 눈이 쌓였지만 마을의 초가 지붕들은 깨끗이 눈옷을 벗었다. 곧 봄이 오는 것이다.

학교에서 돌아오는 길남이는 발걸음이 가벼웠다.

"잘 가."

연자방앗간 곁에서 동무들과 헤어져 자기 집 골목에 들어서자 마구 달음박질을 쳤다. 달각달각, 달각달각 책보 속의 빈 도시락에서 젓가락이 소리를 낸다.

"오빠, 인제 오나?"

텃밭에서 순이가 불렀다. 순이는 종다래끼(작은 바구니. 양쪽에 끈을 달아 허리에 차거나 멜빵을 달아 어깨에 메기도 함)에 무엇을 캐 담다가 까만 눈으로 오빠를 바라보았다. 그의 작은 손에는 흙이 고물져 있다.

"뭐? 구시딩이(나물 이름) 캐재? 나도 캐 줄까?"

길남이는 누이동생의 종다래끼를 들여다보았다. 훅, 풋냄새가 코를 찌른다. 길남이는 오랫동안 종다래끼에서 얼굴을 떼지 않았다. 구시딩이가 풍기는 싱싱한 풋내가 온몸에 스며드는 듯했다.

"오빠, 할부지가 꽁치 사 왔대이."

마른버짐이 핀 순이의 볼에도 기쁨이 감돌았다. 길남이도 좋아서 싱긋 웃었다.

내일이 정월 대보름. 길남이는 추석보다도 설보다도 이날을 더 좋아한다. 길남이뿐만 아니라 동네 아이들도 거의 대보름을 제일 좋아한다고 했다. 설은 양력이니 음력이니 하고 해마다 말썽이 많아 재미가 없고, 추석은 햇곡식이 안 익을 때면 떡도 못 할 적이 많으니 재미가 적지만, 대보름만은 그럴 걱정이 없었다. 아무리 일찍 봄 양식이 떨어지는 집이라도 대보름 때는 아직은 걱정이 없기 때문이다.

"순이야, 대보름에 왜 찰밥 해 먹는지 너 아나?"

"피, 할부지가 이야기해 주시던걸. 옛날 임금님이 까마귀 편지를 보고 말이야……."

"그래, 어느 나라 임금이지?"

"신라. 맞았지?"

길남이와 순이는 이야기를 주고받으며 자기 집 삽짝(사립문) 안으로 들어갔다. 길남이는 5학년, 순이는 2학년. 등 너머에 있는 초등학교에 다니고 있다.

"길남이 왔다. 밥 퍼래이."

쇠죽솥에 불을 때고 계시던 할머니가 부엌 쪽을 보고 말씀하신다.

곧 소두방(뚜껑) 여는 소리가 나고 구수한 밥 냄새가 풍겨왔다.

얼마 후에 길남이네 온 식구들은 안방에 모여 저녁밥을 들었다. 오늘은 저녁을 일찍 먹어야 보리 농사가 잘된다고 하기 때문에 해가 넘어가기도 전에 저녁밥을 먹는다. 할아버지, 할머니, 엄마, 고모, 그리고 길남이와 순이—모두 여섯 식구다.

"뉘(누에) 쌈부터 먼지(먼저) 싸 먹어야지."

할아버지의 말씀이 아니었더라면 길남이는 그냥 밥부터 먼저 먹을 뻔했다.

누에 쌈이란 그해 누에가 잘 자라서 좋은 고치를 많이 지으라고 정월 열나흗날 저녁 첫술에 싸 먹는 쌈이다. 기름 바른 피마자 잎에 밥을 싸서 제각기 하나씩 먹었다.

"누에가 잘돼야 길남이 고무신도 사 주고, 순이의 긴 양말도 사 주지."

할머니는 누에 쌈을 우물우물 넘기고 말씀하셨다.

저녁밥을 먹고 난 길남이는 또 할 일이 많았다. 우선 수수깡으로 보리를 만들어 잿더미에 심어 두었다. 그러고는 동네에 다니며 동무들의 보리도 구경을 하고 서로 자랑도 했다. 수수깡으로 만든 보리를 보름날 아침에 타작해서 그해 보리 농사가 잘되기를 빌기 위해서다.

저녁이 되었다. 길남이는 낮에 보리를 만들고 남은 수수깡을 반으로 쪼개어 그 한 조각에 콩 여섯 개를 꼭꼭 박아 놓고 다시 한 조각을 위에 덮고 실로 단단히 동였다. 어느 한 군데가 덜 묶이고 더 묶인 데가 없도록 고루고루 꽁꽁 묶어야 한다. 그러고는 물두멍(독) 속에 넣어 두었다.

수수깡은 가벼워 뜨지만 콩이 들어 물에 잠긴다. 콩은 한 개가 두 달을 가리킨다. 그래서 맨 위에 있는 콩이 1, 2월, 다음이 3, 4월…… 이렇게 된다.

보름날 새벽에 풀어 보아 제일 많이 불은 달에 비가 제일 많이 온다는, 옛날부터 내려오는 이야기가 있다.

할아버지께서 마을(이웃에 놀러 다니는 일) 가신 뒤 남은 식구들은 안방에 모여 있었다.

책상이 없는 길남이는 호롱불을 목침 위에 올려놓고 엎드려 공부를 하는데, 순이는 고모와 윷놀이를 하고 있다.

"날또에 있는 것이 홑기지 언제 두 기(말)가 됐어?"

"뭐? 아까 속윷에서 큰 사리(윷이나 모를 말함) 하나로 엄부렸잖아? 누굴 속일라고, 칫!"

올해 열 살에 드는 순이지만 윷말 쓰는 데에는 시집갈 나이가 된 고모에게도 지지 않는다. 윷이 몇 판 끝났다.

오늘밤에는 잠을 자서는 안 되고 등불을 꺼도 안 된다는 날이다. 잠을 자면 눈썹이 하얗게 세고, 불을 켜 두지 않으면 귀신이 찾아온다고 한다. 그래서 순이도 길남이도 안 자기로 했다. 그러나 초저녁잠이 많은 순이의 속눈썹에는 벌써 검실검실 잠이 기어들었다.

"얘, 순이 자분다(존다), 자분대이."

길남이의 놀림에 순이는 번쩍 정신을 가다듬지만, 이내 졸음에 잠기고 만다.

우루룽, 우루룽 할머니가 돌리는 물레 소리에 밤은 점점 깊어 간다.

어머니는 윗목에 앉아 바느질을 하신다. 어머니는 언제나 말이 적고, 흰옷만 입으신다. 아버지가 돌아가시고 안 계시기 때문이다.

순이는 마침내 잠이 들었다. 새근새근 코 고는 소리를 듣자 길남이는 싱글벙글 좋아한다. 미리 준비해 두었던 밀가루를 가지고 와서 순이의 눈썹에다 솔솔 얹었다. 내일 아침에 단단히 애를 태워 줄 작정이다.

그리고 길남이도 이불 속으로 들어갔다. 내일 아침에 더위 팔 생각과 찰밥 먹을 생각을 하니 어서 밤이 지났으면 싶다. 우루룽, 우루룽 할머니의 물레 소리가 점점 먼 꿈나라로 사라져 갔다.

"길남아, 길남아, 찰밥이다."

고모의 부르는 소리에,

"응?"

엉겁결에 대답을 해 버렸다.

'아뿔싸!'

하고 입을 다물었지만 이미 늦었다.

"내 더위 한 장 사 가거라."

얌전히 더위 한 장을 사고 만 것이다.

보름날 아침, 해 돋기 전에 더위를 팔면 그해 여름에 더위에 지치지 않는다고 한다. 그래서 허물없는 사이에는 서로 더위를 팔기 위해 온갖 꾀를 부린다.

고모로부터 받은 더위를 순이에게 팔아야겠다고 벌떡 일어나는데 순이도 마침 잠을 깨어 일어나고 있다.

"순이야, 저런저런. 너 눈썹이 하얗게 시(세)었어."

길남이가 호들갑을 쳤지만 약은 순이는 속지 않는다.

"헤, 오빠 눈썹은 정말 하얗게 시었어. 민경(거울)을 봐."

하고 오히려 애를 태운다.

"자, 정말 눈썹이 시었다."

길남이가 거울을 가져다 순이 눈앞에 대었다. 순이 눈썹은 과연 하얗게 세어 있다. 그러나 순이는 놀라지 않는다. 거울을 빼앗아 길남이 눈앞에 가져왔다.

"앗?"

길남이는 놀랐다. 뜻밖에 자기 눈썹에도 하얗게 밀가루가 묻어 있지 않은가. 고모와 순이가 손뼉을 치며 웃었다. 방을 치우시던 할머니도 웃으셨다. 길남이가 잠든 뒤 고모가 밀가루를 칠했던 것이다.

보름날 새벽에는 여러 가지 지킬 일이 있다.

첫째, 맨발로 밖에 나가서는 안 된다. 맨발로 밖에 나가면 농사일을 할 때 가시에 발을 다치게 된다고 한다.

둘째, 찬물을 먼저 마셔도 안 된다. 들에 나가서 소나기를 만나게 된다는 것이다.

길남이는 새벽부터 늘 지는 판이라 애가 탔지만 갚을 길이 없었다. 찰밥을 실컷 먹자고 옷을 입고 낯을 씻었다.

"부시럼(부럼)부터 깨물어라."

할머니가 설에 먹던 강정을 주셨다.

"부시럼 깨물자."

길남이와 순이는 이렇게 말하고 오드득 강정을 깨물었다. 그러면 그해 종기를 앓지 않는다고 한다.

어머니가 찰밥을 가져오셨다. 대추나 곶감을 넣은 좋은 찰밥은 아니지만, 그래도 감 껍질을 섞어 제법 덜 칙칙한 차조밥이다. 무국에는 어제 순이가 캐어 온 풋나물이 들어 있어 향긋한 맛이 입맛을 돋았고, 오랜만에 먹어 보는 꽁치가 더욱 맛이 있었다.

온 식구가 찰밥을 먹기 시작했다. 꼬꾜, 꼬꾜 잦은 닭이 울고 문 밖은 아직도 어둠이 가시지 않았는데 벽에 걸린 등잔에서는 호롱불이 간들거린다.

길남이는 정신없이 찰밥을 먹다 문득 숟갈을 멈추었다. 할머니가 눈물을 닦고 계셨다. 어머니는 고개를 숙이고 고모의 눈에도 눈물이 글썽거린다.

"아, 애비가 찰밥을 그렇게 좋아하였는데……."

할머니는 말끝을 맺지 못한다. 할아버지도 한숨을 내뿜는다.

벽에 걸린 길남이 아버지 사진이 빙그레 웃으며 이들 식구를 내려다보고 있다. 일본 군복을 입은 길남이 아버지. 북지나(중국) 어느 곳에서 용감히 싸우다가 명예로운 전사를 하였다는 통지서와 함께 흰 천으로 싼 작은 상자가 온 지 1년이 지났다.

"나무아미타불, 나무아미타불."

할머니는 언제나처럼 염불을 외고 옷고름으로 눈물을 닦았다.

"어매는 명절 때마다 우는 게 버릇이 됐어."

고모가 원망스러운 눈으로 할머니를 쳐다본다.

"늙은이도, 주책없이……. 길남이를 봐서라도 그 눈물 좀 그만 보이구려."

하며 할아버지가 담뱃대를 땅땅 두드릴 때 흰옷 입은 어머니는 말없이 방문을 열고 부엌으로 나간다.

찰밥을 먹고 난 길남이는 또 할 일이 많다. 우선 뱀을 몰아내야 한다. 정월 보름에 무슨 뱀이 있겠는가. 새끼 도막을 막대 끝에 매어 물에 담갔다가 건져 낸 다음 재를 묻히면 흡사 뱀처럼 보인다.

"쉬잇! 뱀 쳐내자."

라고 외치며 마당에서 이리저리 끌고 다니다가 골목 도랑에다 내던져 버린다. 이렇게 하면 그해 뱀들이 집 안에 들어오지 않는다고 한다.

길남이가 뱀을 몰아내고 돌아올 때 마구에서는 소가 한 상 차린 음식을 받아 먹기 시작했다.

소먹이는 쇠죽이라고 하여 볏짚을 잘게 썰어 삶아서 준다. 평소에는 여물통에다 주는데, 대보름 아침에만은 별도로 사람이 음식을 차려 놓고 먹는 상에다 찰밥을 비롯하여 여러 가지 음식들을 고루 놓아 소 앞에 차려다 놓는다.

소는 그 큰 코로 식식 냄새를 맡아 보고는 좋아하는 것부터 먼저 먹는다. 무나물을 먼저 먹으면 그해에 채소가 잘 되고, 목화씨를 먼저 먹으면 목화 농사가 잘된다고 한다.

"야, 금년에도 풍년이 들 것 같구나."

지켜보고 섰던 고모가 말했다. 소가 찰밥을 제일 먼저 먹었기 때문이다.

길남이는 잠시 방에 들어가 몸을 녹인 다음 또 한 가지 일을 해야 한다. 보리 타작이다. 수수깡으로 만들어 잿더미에 꽂아 두었던 보리를 마당으로 가지고 와서 타작하는 놀이를 한다. 보리농사가 잘되기를 비는 풍속이다.

이러한 아침 놀이들이 다 끝날 무렵에 어른들은 술 몇 잔씩을 마신다. 귀밝이술이라 하여 나이가 들어도 귀가 어두워지지 않기를 바라는 술이다.

줄 당기기를 하는 마을도 있다. 줄 당기기는 대개 마을 대항이나 한 마을이 두 패로 갈리어 하는데 대보름날 낮에 이루어진다.

어여쁜 달이 갈미봉 위에 솟아올랐다. 고모는 동네 처녀들과 달맞이 간 지 오래 되었고, 순이도 끼리끼리 놀러 가고 없다. 길남이도 낮에 만들어 놓았던 횃불꾸러미를 들고 사립문을 나섰다.

사립문 기둥에는 어느새 헌 바구니가 걸려 있고, 바로 그 밑에서 할머니가 고추, 목화씨, 머리카락 같은 것을 왕겨 불에 태우고 계셨다. 매캐한 냄새가 코를 찌른다.

이 불을 귀신불이라고 한다. 정월 대보름날 저녁에는 임자 없는 온갖 귀신들이 떼를 지어 마을에 찾아온다고 한다. 이렇게 독한 연기를 내는 불을 해 놓으면 귀신들이 집 안으로 못 들어가게 되고, 사립문 기둥에 헌 바구니와 체 따위를 걸어 두면 귀신이 호기심을 가지고 그 구멍을 세다가 그만 닭이 울어 달아난다는 전설이 있다.

"길남아, 다칠래이. 야야, 쌈은 하지 마래이. 부디 야야."

할머니가 신신당부를 하셨다.

마을 앞 갯둑도 저 건너 함박골 동네 앞도 벌써 꽃불로 덮여 있다.

"횃불이여, 달불이여!"

길남이도 자신의 횃불꾸러미에 불을 붙여 빙글빙글 돌리며 외쳤다.

마을 아이들은 모두 참나무골로 모여들었다. 참나무골에서는 등 너머 마을 도리실 아이들과 패싸움을 하는 것이 해마다 내려오는 내림이다.

길남이는 돌이, 영수, 중식이 들과 함께 횃불을 돌리며 참나무골로 달렸다. 참나무골은 옛날부터 이 근방의 경기장이다. 여러 마을의 나무꾼이 여기 모여서 장치기도 했고, 옛적 길남이 할아버지 시절에는 대보름날 낮에 줄 당기기도 했는데, 일본 정치가 시작되고부터 점점 시들어 이제는 안 한다.

참나무골에는 길남이네 집안의 묘지가 있다. 여러 개의 묘들이 자리 잡고 있는데, 제일 아래쪽에 길남이 아버지의 묘도 있다.

길남이 아버지가 전쟁터에서 죽었다는 통지서와 함께 흰 상자가 왔을 때, 온 고을이 떠들썩하였다. '영광스러운 전사'라고 하여 면장과 주재소(지서)의 순사(순경)는 물론이고, 읍내 군청이나 경찰서에서도 높은 어른들이 찾아왔다.

길남이 아버지가 입던 옷가지를 함께 묻어 묘를 만들었다. 길남이는 할아버지로부터 조상들의 이야기를 여러 번 들었다. 몇 대 할아버지는 무슨 벼슬을 지냈다는 말씀을 들었지만 잘 알지 못한다.

도리실 아이들이 등을 넘어왔다.

"와아!"

이쪽에서도 함성을 울리며 일제히 횃불을 휘돌리기 시작했다. 드디어 양쪽 횃불 부대는 싸움을 시작했다. 휙휙, 횃불이 부딪칠 때 불꽃이 퍽퍽 튄다. 참나무골은 불바다가 되고 아이들의 함성은 산줄기를 울렸다.

싸움이 한고비에 들어서자 어느 편인지 서로 알지도 못하고 마구 횃불을 휘둘러 댄다.

"야야! 어느 놈이고? 횃불 속에 돌을 넣은 자식이?"

누군가 날카로운 비명을 지르고 아이들이 우르르 그 소리의 주인을 찾아 몰려들었다.

횃불이 잠잠해졌다. 한 아이의 머리에서 피가 솟아나고 있었다.

"앗, 영수가 돌을 맞았다!"

"비겁한 놈이다. 밟아라!"

쳐부술 아이들은 저마다 소리쳤다.

"부상자는 집으로 보내고 끝까지 싸우자."

"복수를 하자."

길남이도 다시 힘을 내어 횃불을 돌렸다. 도리실 아이들이 후퇴를 시작한 모양이다.

"야아! 돌격이다."

쳐부술 아이들은 기세를 올려 뒤를 쫓았다.

밭둑이며 둔덕의 마른풀이나 잔디마다 불이 붙어 달님의 얼굴까지도 연기에 그을릴 것 같았다.

"앗!"

길남이는 소리를 지르며 발을 멈추었다. 밭둑으로 타 나가던 불길이 어느새 길남이네 집안 산소 쪽으로 타올라 가고 있었다.

길남이는 허둥지둥 달려가서 소나무 가지를 꺾어 불을 두드렸다. 마른 잔디를 타고 밀려오던 불이 억새풀과 가시덤불에 붙자, 확 불길이 높아졌다. 불은 이제 길남이 아버지의 묘 위로 붉은 혓바닥을 남실거리기 시작했다.

"요놈의 불, 덤벼라!"

길남이는 닥치는 대로 휘갈겼다. 길남이에게 맞은 불꽃은 잔디 위에 까만 시체를 남기고 죽어 간다. 매캐한 연기가 코를 찌른다.

"우리 아버지 미(묘)만 건드려 봐라. 용서 없다!"

길남이는 계속해서 불을 잡았다. 불이 마침내 항복을 했다.

길남이는 소매로 이마의 땀을 훔쳤다. 둘레가 조용하다. 횃불 싸움하던 아이들은 어느새 다 돌아가고 없었다. 등골의 땀이 오싹 말라 드는 듯했다.

길남이는 막 달렸다. 몇 개의 밭둑을 넘고, 작은 도랑을 건너뛰어 도토리나무가 서 있는 마을 뒤 언덕까지 단숨에 달렸다.

"길남아, 길남아."

도토리나무 저쪽에서 누가 부른다.

어머니의 목소리다.

"엉엉."

길남이는 대답 대신 울음을 터뜨렸다.

"길남아, 어데 갔더냐?"

"아, 아부지 산소의 불을 껐어."

"길남아, 참 장하대이."

어머니는 길남이를 꼭 안았다. 길남이는 어머니 가슴에 얼굴을 묻고 울었다. 울어도 울어도 복받치는 울음.

마을에서는 풍물(풍악) 소리가 달빛을 헤치고 흥겨이 울려왔다. ✿